DREI HOCHZEITEN UND EIN BABY

HEART FALLS VIGNETTEN & NOVELLEN
BUCH 1

VIVIAN AREND

Übersetzt von
HELENA TAMIS

Heart Falls Vignetten & Novellen 1: Drei Hochzeiten und ein Baby

Originaltitel: Three Weddings and a Baby © 2020 by Arend Publishing Inc.

Copyright für die deutsche Übersetzung: Heart Falls Vignetten & Novellen 1: Drei Hochzeiten und ein Baby © 2025 Helena Tamis

Lektorat: Nadine Manz
Cover-Desig: © Damonza
Lektorat Original: Manuela Velasco
Korrektorat Original: Angie Ramey & Linda Levy
ISBN: 978-1-998508-33-4
Deutsche Erstausgabe Januar 2025

www.vivianarend.com

NACHRICHT VON VIVIAN

Wenn die Geschichte endet, gehen *ihre* Geschichten weiter.

Das Schöne, wenn man eine lange Familiensaga schreibt, ist auch, dass man Figuren wieder besuchen darf, die bereits ihr glückliches Ende erlebt haben.

Die ersten drei Geschichten in dieser Sammlung sind die Hochzeiten der Paare aus der Reihe *Die Stones aus Hearts Falls*. Es sind KEINE Geschichten in voller Länge. Eher schon eine „Momentaufnahme aus dem Leben". Die Vignetten sind bereits im Newsletter erschienen und gratis auf meiner Webseite zugänglich, aber ich habe sie hier aufgenommen, damit ihr sie ganz praktisch auf eurem Gerät lesen könnt.

Der Teil des Titels mit dem Baby allerdings? Der ist brandneu!

Ich musste für Josiah Ryder und Lisa Coleman (Die ewige Liebe des Cowgirls) einfach eine Novelle schreiben, die in diese Sammlung kommt. Und wie sich herausstellt ... o ja! Für den Tierarzt von Heart Falls und unsere liebste *Schabernack*-Koordinatorin liegen große Veränderungen in der Luft.

Natürlich spielt Terrier Ollie auch eine Rolle in der Geschichte. Von ihr soll ich *wuff, wuff, wuff* ausrichten!

Seht erst in den Einleitungen der Geschichten nach, wo sie jeweils in die Zeitleiste der gesamten Reihe fallen, wenn ihr Spoiler für Bücher vermeiden wollt, die ihr noch nicht gelesen habt! Auf der nächsten Seite steht eine Lesereihenfolge, wenn ihr sicherstellen wollt, dass ihr alle Bücher bisher gelesen habt. Ich bin ein bisschen zwischen den Reihen hin und her gesprungen, und falls euch was entgangen ist, könnt ihr es jetzt nachholen!

Ich hoffe, diese Geschichten bringen euch zum Lächeln.

Alles Liebe von mir und euren Freunden in Heart Falls.

**Ganz am Ende *von Oh, Baby!* werdet ihr sehen, was Ollie sagt.

ÜBERRASCHUNG AM BOOTSTOMP POINT

Schon im besten Fall ist es nicht einfach, Tamara zu überraschen, doch Caleb will dieses besondere Ereignis unbedingt in die Wege leiten, ohne dass sie es planen muss. Mit der Hilfe seiner ältesten Tochter bei einem erneuten Besuch an einem denkwürdigen Treffpunkt ist es an der Zeit, dass Tamara wirklich Teil der Familie Stone wird.

Zeitleiste: Diese Szene spielt am ersten Sommertag nach Das Herz des Ranchers und vor Das Lied des Ranchers.

1

CALEB

21. Juni, Silver Stone Ranch

Es gab nicht viele Dinge, die Caleb Stone Angst machten. Nicht viele Dinge, wegen derer er sich einen Kopf machte oder sorgte. Außer, er kam ins Nachdenken über seine Familie.

Wenn es um sie ging, brachte er jeden Tag Zeit und Energie auf, um sicherzustellen, dass die Dinge gut liefen. Und jeden Tag freute er sich, die Dinge aufzuzählen, um die er dankbar war, während seine Welt reichhaltiger und glücklicher wurde, weil er sie bei sich hatte.

Da war es nur vernünftig, dass er etwas tun sollte, um zu ihrem Glück beizutragen, falls er das konnte.

Seine kleinen Mädchen Sasha und Emma waren tief in seinem Herzen. Der Rest seiner Familie – die er aufgezogen hatte – war auch überall um ihn herum und mit ihm verstrickt, manchmal sogar buchstäblich.

Als er sich nämlich durch die Scheunentore schob, wurde er fast von seinem Bruder Dustin plattgemacht, der sich beinahe rennend in die Gegenrichtung bewegte.

„Pass auf, wo du hintrittst", grollte Caleb.

„Tut mir leid. Tamara hat mir geschrieben und gefragt, ob ich etwas aus der Stadt für sie abholen könnte."

Caleb widerstand dem Drang, die Augen zu verdrehen, wie es seine älteste Tochter häufig tat. „Schon mit der Arbeit fertig?"

Dustin hielt inne, wirkte ein wenig schuldbewusst. „Ich verspreche, ich gehe zur Arbeit zurück und mache alles fertig, bevor ich Feierabend mache."

Caleb wedelte mit der Hand. Die Heldenverehrung, die Dustin für Tamara aufbrachte, wurde immer stärker, aber in diesem Fall war es was Gutes, ihn um einen Gefallen zu bitten.

Es bedeutete, dass sie nicht versehentlich seinen kleinen Bruder mitschleppen mussten, wo er doch einen kurzen Familienausflug nur mit sich selbst, Tamara und den Mädchen geplant hatte.

„Geh schon. Fahr noch bitte am Postamt vorbei und schau, ob da auch was für uns ist."

„Aber klar, Boss", erwiderte Dustin, der sich rasch entfernte und versuchte, ganz locker zu wirken.

Caleb schüttelte den Kopf, während er in die Scheune ging und ihre Pferde sattelte, bei der Arbeit pfiff er vor sich hin, ziemlich sicher, dass er mindestens drei Menschen sehr glücklich machen sollte.

Vier, wenn er sich mit einschloss. Keine schlechte Idee am ersten Sommertag.

„Wenn du noch etwas fröhlicher wirst, beschweren sich die Pferde." Sein Bruder Luke beugte sich über den Rand der Box, wo Caleb gerade das Pferd geholt hatte, das Sasha für sich beanspruchte.

„Weil Pferde keine fröhlichen Leute um sich herum mögen?"

Luke schnappte sich eine Satteldecke und legte sie auf Firecrackers Rücken. „Pferde mögen Stabilität, und du bist auf jeden Fall sehr viel munterer, als du es vor einem Jahr warst."

Dagegen würde Caleb nichts einwenden. „Vor einem Jahr hatte ich keine Tamara in meinem Leben."

Luke tätschelte seine Schulter fest und zustimmend. „Na dann, ich schätze, die Pferde werden sich daran gewöhnen müssen, dass du kein nörgeliger Bastard mehr bist."

„Treiben wir es nicht zu weit. Wie wäre es denn mit nicht ganz so nörgeliger Bastard?", sagte Caleb und zeigte seinem Bruder ein Grinsen. „Aber ich will nicht zu viel versprechen."

„Weniger versprechen, mehr liefern. Das beste Verkaufssystem aller Zeiten." Luke schaute auf die Uhr. „Walker hat gesagt, er würde heute anrufen, wenn er mit dem Reiten fertig ist, und uns auf den neuesten Stand bringen, was seinen Punktestand angeht. Ich schaue später vorbei, um euch das Neueste zu erzählen."

„Ich führe Tamara und die Mädchen zum Essen aus, und dann laden wir sie bei einer Freundin zu Hause ab, wo sie über Nacht bleiben."

Luke hob eine Augenbraue. „Okay. Ich habe die Botschaft verstanden. Ich werde später nicht am Haus vorbeikommen und euch besuchen."

„Kluger Mann."

Caleb machte sich wieder daran, die Pferde zu satteln, warf einen raschen Blick auf seine eigene Uhr. Er wollte nicht zu spät kommen. Nicht zu diesem Anlass, und da er drei Frauen bändigen musste, ohne sie wissen zu lassen, dass er einen Plan hatte, musste er langsam loslegen.

Zum Glück hatte es sich als sehr schöner Tag erwiesen, und die Pferde waren äußerst zufrieden, ihm ans Geländer vor dem Haus zu folgen, wo er sie anband. Er ging die Stufen zur Veranda hinauf, seine Schritte berührten den Boden kaum.

Sasha öffnete die Tür. „Mami zieht sich schon an", flüsterte sie.

„Hast du ihr mein Geschenk gegeben?"

Sasha nickte, Glück tanzte in ihren Augen. „Sie sieht hübsch aus."

„Deine Mom sieht in allem hübsch aus." Er beugte sich nach unten und gab Sasha einen Kuss, bevor er einen Finger an die Lippen drückte. Er hatte Emma das Geheimnis nicht verraten, aber Sasha konnte er vertrauen, dass sie den Mund hielt, und er hatte eine Mitverschwörerin gebraucht.

Es hatte seinem ältesten Mädchen sehr gefallen, das Geheimnis zu erfahren. Das war ein weiterer Teil der Familie – auf neue Arten zu wachsen. So seltsam es auch war, herauszufinden, dass er keine Kleinkinder mehr hatte, sondern kleine Leute, die vorgefertigte Ideen und eigene Meinungen besaßen.

Emma kam um die Ecke, stapfte mit den Füßen in ihren neuen Cowboystiefeln. „Die fühlen sich komisch an", beschwerte sie sich.

Er griff nach unten und half ihr, die Socken hochzuziehen, nahm ihren dankbaren Kuss entgegen, als er fertig war.

Dann war *sie* da. Die Frau, die in ihre Welt gestürmt war und sie auf den Kopf gestellt hatte, die ihn erfahren ließ, wie es sich anfühlte, wieder ein schlagendes Herz zu besitzen.

Wie es sich anfühlte, völlig verliebt zu sein.

Tamara legte Sasha kurz eine Hand auf die Schulter, bevor sie Caleb rasch umarmte und küsste. Sie trat zurück und richtete ihre neue Brille. „Danke für das Geschenk, aber ich habe nicht Geburtstag."

„Die sieht süß aus", entgegnete er, fuhr ihr mit den

Fingerspitzen über die Nasenspitze, während er den weißen Rahmen bewunderte, der mit kleinen roten Rosen verziert war.

„Ach, ich habe kein Problem damit, zu meinem Vorrat noch eine Brille hinzuzufügen", scherzte sie. „Deshalb habe ich dir meine Daten gegeben. Du kannst gerne jederzeit einkaufen."

Sasha hatte die Tür geöffnet und bedeutete Emma, dass sie ihr folgen sollte. „Komm schon, Emma. Mit wem reitest du? Mama oder Papa?"

Emma wirkte hin- und hergerissen, schaute zwischen den beiden vor und zurück, bis Tamara lachte, sie aufhob und sie fest umarmte. „Ich weiß nicht, wohin wir unterwegs sind, aber ich bin ziemlich sicher, wir werden dorthin reiten und dann zurück müssen. Warum reitest du also nicht jetzt erstmal mit deinem Papa?"

Sein kleines Mädchen umarmte Tamara fest und gab ihr einen Kuss, bevor sie auf den Boden gesetzt wurde und hinüberlief, um ihre Hand in die von Caleb zu schieben.

Er schaute sich um, war plötzlich völlig geplättet von der Tatsache, dass er von so viel Liebe in der Form von drei unterschiedlich großen Frauen umgeben war. „Seid ihr alle fertig?"

Das kam sehr viel nörgeliger, als er es gemeint hatte, aber sie beeilten sich alle, zu den Pferden zu kommen, ohne auf seinen Fehltritt zu achten. Tatsächlich kam Tamara zu ihm, unter dem Vorwand, sicherzustellen, dass Emma gut auf dem Pferd saß, und legte ihm eine Hand um den Nacken, bevor er aufstieg, um ihn zu einem Kuss herabzuziehen.

Sie schaute ihm in die Augen. „Ich liebe dich", flüsterte sie.

„Ich liebe dich auch." Er konnte nicht genug davon bekommen, es zu sagen. Er würde niemals damit fertig sein, und als er sich auf dem Sattel in Position brachte und Emma half, die Zügel vor sich zu halten, drehte er die Pferde zu ihrem Ziel, ein tiefes Gefühl der Sinnhaftigkeit in sich.

Manche Dinge sollten einfach so sein.

2

———

TAMARA

Sie schienen nirgendwohin schnell unterwegs zu sein, aber das war für Tamara in Ordnung. Sie saß auf Stormys Rücken, ein gemütliches Schwanken, während die kleine Gruppe in entspanntem Tempo weiterzog. Sascha ritt neben ihr, plauderte ohne Ende über die ganzen Pläne, die sie für den Sommer hatte.

„Und es sind nur noch zehn weitere Tage Schule, und danach helfen wir dir mehr mit dem Garten. Und Daddy sagt, wenn ich diesen Sommer von der Schule nach Hause komme, kann ich Firecracker jeden Tag reiten."

„Solange jemand von uns bei dir ist, oder einer deiner Onkel, ja." Das war schon mal gesagt worden, aber Tamara dachte sich, bei Sasha schadete es nicht, die Erinnerung aufzufrischen. „Und du darfst nicht allein auf einen der Reitplätze gehen und dir ein Pferd holen."

„Kelli kann mich nicht mitnehmen? Kelli sagt, Pferde sind wie Freiheit auf vier Beinen."

Tamara lachte leise. „Für eine Rancharbeiterin ist Kelli sehr poetisch. Aber vorerst nein. Du wirst diesen Sommer

9

genug Gelegenheiten zum Reiten bekommen, während die Familie dich im Auge hat."

Sashas Schnute hielt nicht lange, nicht an dem wunderbaren ersten Sommertag, der in der Luft lag, und im Sonnenschein, der den Boden um sie herum aufheizte. Weiter vorne hörte sich Caleb an, wie Emma eine Geschichte erzählte, das kleine Mädchen sprach zu leise, als dass Tamara einzelne Worte ausmachen konnte. Aber selbst das sanfte, stetige Murmeln löste ein leicht frühlingshaftes wachsendes Gefühl in Tamaras Herz aus.

Emma hatte nicht angefangen, über Nacht in vollständigen Sätzen zu sprechen, aber im Lauf der letzten Monate war sie schnell vorgeprescht. Zuversichtlich durch die Tatsache, dass sie geliebt wurde. Dass sie Leute hatte, die sich dafür entschieden, sie bedingungslos zu lieben.

Etwas in Tamaras Herzen machte einen weiteren hüpfenden Satz, fast wie wenn das Herz des Grinch um drei Größen auf einmal anschwoll. Ja, sie war so ziemlich an einem wunderbaren Ort angekommen. Es war nicht, was sie vor neun Monaten erwartet hatte, aber dass sie vom Verlust ihres Jobs dazu kam, eine Familie zu finden ...

Das Leben war ziemlich gut.

Inzwischen war klar, wohin Caleb sie brachte, als er vom Weg abbog auf die kürzeste Route zu den Heart Falls. Die Bäume schlossen sich um sie, der üppige Geruch neuen Wachstums verwandelte den kurzen Übergang in einen Tunnel nach Shangri-La.

Sie brachen aus den Bäumen hervor ins Sonnenlicht. Vor ihnen lag der glitzernde Teich am Fuß der Wasserfälle. Die vertrauten Felsen, wo sie und Caleb ein ziemlich spektakuläres zweites Treffen gehabt hatten, und wo sie ihm danach einen Antrag gemacht hatte, waren rechts von ihnen.

Caleb blieb stehen und glitt von seinem Pferd, machte es

am Boden fest, bevor er hochgriff, um Emma aus dem Sattel zu heben. Tamara half Sasha beim Absteigen, und die vier schlenderten träge um den Rand des Teichs, warfen Steine hinein und ließen sie über die Oberfläche glitschen.

Ein sanfter, leiser Moment des Friedens und der Stille inmitten von für sie alle sehr hektischen Tagen. Die Mädchen hielten einen Wettbewerb ab, um zu sehen, wer die Steine mit dem lautesten Platschen ins Wasser plumpsen ließ.

Tamara kam neben Caleb, lehnte sich an ihn, während er den Arm um ihre Taille legte. „Danke, dass du dir am Tag Zeit genommen hast, um das in die Tat umzusetzen. Es ist schön, im Sonnenlicht mit dir auszureiten."

Caleb drückte ihr einen Kuss auf der Schläfe, hielt sie fest. „Das machen wir öfter." Er deutete auf den felsigen Aussichtspunkt. „Geh schon vor. Wir treffen dich dann oben."

„Bootstomp Point? Bist du sicher, dass das sicher ist? Du weißt doch, große Abenteuer fangen immer dort an", scherzte sie, tänzelte außerhalb seiner Reichweite, bevor er ihr mit der Hand auf den Hintern schlagen konnte.

Die Mädchen hörten das Lachen und rannten her, während Tamara sie zu den Felsen oben führte, wo sie alle den besten Blick auf den Teich hatten. Wenn man an dieser Stelle zum Wasserfall schaute, wurde die perfekte Herzform deutlich.

Emma lehnte sich an sie, ließ die Finger durch die von Tamara gleiten. „Es sieht aus, als würde Liebe in das Herz gespült, und dann fließt sie am Ende heraus und läuft über ganz Silver Stone."

Tamara lächelte. Das waren nicht nur eine Menge Worte – es war ein tiefgründiger Gedanke von dem kleinen Mädchen. „Es gibt eine Menge Liebe, die durch ganz Silver Stone läuft."

Hinter ihnen räusperte sich Caleb. „Genau. Es gibt eine Menge Liebe in Silver Stone, aber eines fehlt dort."

Tamara drehte sich um, um zu fragen, wovon er redete, war aber kurzzeitig abgelenkt durch den Anblick von jemandem, der den Weg auf der anderen Seite des Teichs heraufkam. Ein hochgewachsener, dunkelhäutiger Gentleman, der um den Rand des Teiches kam, offensichtlich darauf aus, sich ihnen anzuschließen.

„Was fehlt uns denn, Daddy?", fragte Sasha. Aus irgendeinem Grund klangen die Worte so, als hätte sie sie ein paar Mal geübt. Tamara schaute sie verwirrt an, dann zurück zu Caleb, der breit grinste.

„Eigentlich ist das nur eine Formalität, nichts anderes. Deine Mama und ich haben gesagt, dass wir einander lieben, und dass wir heiraten werden, und ich habe darüber nachgedacht. Wir könnten die Dinge echt schick gestalten, aber so sind wir nicht. Also habe ich mich gefragt, ob ihr alle damit einverstanden seid, wenn wir dieses Heiraten einfach jetzt erledigen, gleich hier."

Heiraten? Der Schock schlug zu.

Nicht für alle jedoch. Emma gab ihre Meinung sehr deutlich zum Besten, indem sie ein erfreutes Quietschen ausstieß, ein paarmal auf und ab hüpfte, und dann mit einem Stirnrunzeln innehielt. „Aber ich will ein Blumenmädchen sein."

Caleb neigte das Kinn. „Daran habe ich gedacht."

Er wandte sich um, um den Mann zu begrüßen, der inzwischen an ihre Seite gekommen war. Der Fremde war nun als der Vater von einer von Tamaras neuen Freundinnen in Heart Falls erkennbar.

Malachi Fields bot Tamara und Caleb eine Hand, dann reichte er Sasha eine Tasche. „Tut mir leid, dass ich zu spät bin. Seid ihr bereit zum Loslegen?"

„Fast." Caleb tätschelte Sasha die Schulter.

Seine älteste Tochter nahm Emma an der Hand und eilte

zu einer Stelle ein wenig abseits, ging auf die Knie, um in der Tasche zu wühlen, die Malachi mitgebracht hatte.

In Tamaras Kopf drehte sich alles. „Heiraten. Gleich *jetzt?*"

Caleb deutete auf Malachi. „Er ist ein Pastor. Und da drüben haben wir zwei Blumenmädchen, die in etwa zehn Sekunden fertig sein werden."

Malachi grinste. Sasha und Emma waren bereits auf den Füßen, Blumenkränze auf den Köpfen, und ihre Hände waren mit etwas Weißem und Rotem gefüllt.

Obwohl Caleb ihr nicht erzählt hatte, dass er das geplant hatte, hatten sie darüber geredet, dass sie nichts sonderlich Schickes machen würden. Seine eine Schwester war im Ausland und würde erst im späten Sommer zurückkommen. Seine Pflegeschwester hatte im August eine große Hochzeit. Tamaras Schwestern und der Rest der Familie Coleman würden nicht so bald von der Ranch wegkönnen, und es schien, anstatt nur einen Teil der Familie da zu haben und den ganzen Rest nicht ...

War im ganz kleinen Kreis und ganz besonders die Art, es zu machen.

„Wir heiraten. Gleich jetzt", wiederholte Tamara, diesmal keine Frage in der Stimme, während sie sah, wie das Glück in Calebs Augen leuchtete. „Du hast die Verantwortung. Sag mir, wo ich hinmuss."

„Hier drüben, Mama."

Emma winkte. Sasha hielt ein drittes Blumenkränzchen hoch.

Tamara kam nur zu gern, ging auf ein Knie und beugte den Kopf vor, damit ihre Töchter – ach du liebe Zeit, ihre *Töchter* – die roten und weißen Blumen anbringen konnten.

Emma gab ihr einen Kuss auf die Wange und einen Strauß: Margeriten und winzige Rosenknospen.

„Die passen zu deiner Brille“, sagte Emma ganz ernst.

Caleb war verschlagen und künstlerisch gewesen. „Ich denke, das ist meine Hochzeitsbrille“, erwiderte Tamara mit einem Lächeln.

Sie stand auf, um feststellen, dass Sasha hinüber zu Caleb gegangen war, um ihm eine Rose in die vordere Tasche zu stecken. Da kam es Tamara, dass sein schwarzes Hemd für einen Austritt schon ein wenig schick gewesen war, aber andererseits starrte sie ihn noch immer begeistert an, ganz gleich, was er trug.

Malachi hob einen Finger, dann griff er in seine Tasche und holte sein Handy heraus. Er drückte auf ein paar Knöpfe, schraubte die Lautstärke hoch, und plötzlich erklang die vertraute Melodie eines Hochzeitsmarsches in der felsigen Weite.

Tamara lachte und klopfte Emma auf die Schulter. „Okay, Blumenmädchen. Hab Spaß.“

Emma griff in die Tasche, und im nächsten Augenblick regnete eine Handvoll Rosenblätter durch die Luft, um auf den Steinen unter ihren Füßen verstreut zu liegen.

Es war einer dieser völlig perfekten Augenblicke, von denen Tamara in einer Million Jahre nicht geträumt hätte. Ihre Wangen taten weh, weil sie so sehr lächelte, während sie dastand und den Strauß vor sich hob.

Sie schaute in die Augen des Mannes, den sie liebte, während Musik lief und der Wasserfall dröhnte – oder zumindest schaute sie zu Caleb, während sie Blicke nach unten warf, um sicherzustellen, dass sie nicht über eine Felsspalte stolperte.

Jedes Mal, wenn sie aufschaute, lächelte er breiter, bis zu dem Augenblick, als sie ihre Hand in seine legte und sie sich dann zusammen zu Malachi umwandten, der mit dem Rücken zu den Wasserfällen stand.

Sasha nahm sich Tamaras linke Hand, und Emma quetschte sich in die kleine Lücke zwischen Tamara und Caleb, und jetzt war die einzige Musik noch das Geräusch der Wasserfälle, während Malachi sie durch die Zeremonie führte.

Schließlich bat Malachi sie, einander anzusehen. „Dieser Teil liegt nun bei euch", sagte er. „Da könnt ihr gar nichts falsch machen."

Surreal. Hochzeitsschwüre neben einem Wasserfall.

Die Mädchen traten ungefähr knappe zwei Zentimeter zurück. Tamara bot ihren Strauß Sasha an, damit sie ihn hielt, dann nahm Caleb ihre beiden Hände, und sein Blick wandte sich ganz auf ihr Gesicht. Seine Augen waren dunkel und ernst, aber sie sah auch den Humor und die Freude darin, die in den letzten paar Monaten stärker geworden waren, während sie sich verliebt hatten.

„Tamara Coleman, ich nehme dich zu meiner Frau, meiner Liebe und meinem Herzen. Heute und jeden Tag verspreche ich, dass ich dir alles gebe, was ich habe – Körper, Geist und Seele – und zusammen werden wir uns der Zukunft zuwenden. Wir werden zusammen lachen und zusammen weinen und zusammen ein Leben gestalten."

Er schob ihr einen Ring auf den Finger. Sie schaute nicht einmal nach unten. Sie wollte nur das, was direkt vor ihr war, was in seinem Gesicht stand. Ihr strenger, sturer Cowboy, der bereit war, alles für seine Familie zu geben, und sie war so froh, dass sie Teil seiner Welt sein konnte.

Nun war es an ihr.

„Caleb ..." Ihre Kehle wurde eng.

Liebe Zeit, das würde schwerer werden, als sie es sich vorgestellt hatte.

Sasha zog an ihrer Hand, und Tamara schaute hinab, um zu sehen, wie Calebs Älteste ihre Handfläche hochhielt, und darauf lag ein Ring. „Der ist für Daddy", sagte sie betont. „Lass ihn nicht fallen."

Gelächter kam auf, und plötzlich konnte Tamara sprechen, zumindest ein paar Augenblicke lang. Sie beugte sich hinab und küsste Sasha auf die Wange, dann nahm sie den Ring. „Danke dir, Süße."

Tamara stand auf und stellte sich dem Mann, den sie liebte. „Caleb Stone, ich nehme dich zu meinem Mann, meiner Liebe und meinem Herzen. Ich verspreche dir, du wirst auch alles von mir bekommen, aber weil du mir das einfach so vor die Füße geworfen hast, habe ich nichts auswendig gelernt, das so süß ist wie das, was du mir gesagt hast, aber es ist für immer und aufrichtig" – sie wandte ihre Aufmerksamkeit Sasha und Emma zu – „und dazu gehört ihr beiden. Ich nehme euch als meine Töchter. Ich werde die beste Mom für euch sein, die ich nur sein kann."

Mit einem leisen Glücksschrei pressten sich die beiden Mädchen an sie, während sie sich zurück zu Caleb wandte. Auch ihm standen Tränen den Augen, die noch nicht da gewesen waren, bevor sie Sasha und Emma mit eingeschlossen hatte.

Sie wusste, wo sein Herz lag. Fest in *all* ihren Händen.

Sie schob ihm dem Ring auf den Finger, aber den Kuss konnte man vergessen – Tamara und Caleb beugten sich gemeinsam hinab, um ihre beiden kleinen Mädchen zu umarmen.

Es dauerte eine Weile, bis die ganzen Glückstränen abgewischt waren, und sie wandten sich an Malachi, der ein Taschentuch zurück in *seine* Tasche schob und dabei verlegen lächelte.

„Um das nicht noch weiter in die Länge zu ziehen, ernenne ich euch nun zu" – er hob einen Finger – „Mann und Frau" –

einen zweiten Finger – „und einer Familie. Mögt ihr lange und glücklich lieben.“

Caleb fing Tamara, und mit den Mädchen, die sie ganz festklammern, drückte er die Lippen auf ihre, und sie küssten sich zum ersten Mal in ihrem Eheleben.

Es war ein guter Tag.

MÖCHTET ihr Calebs und Tamaras Geschichte lesen, findet ihr sie in Das Herz des Ranchers, dem ersten Buch der Reihe ‚Die Stones aus Heart Falls‘.

HEART FALLS VON HERZEN

Walker Stone und Ivy Fields heiraten, und ihre ganze Familie – sogar die Ziegen – scheinen mitmischen zu wollen. Darum prescht Walker auch mit einer Überraschung vor, um diesen Tag für ihn und Ivy perfekt zu machen.

Zeitleiste: Diese Vignette beginnt am letzten Tag von Die Braut des Ranchers und am Tag vor dem Anfang von Die ewige Liebe des Cowgirls.

1

—————

IVY

1. März, Silver Stone Ranch.

Ivy Fields steckte vorsichtig den Kopf um die Ecke, bevor sie zu den Pferdeboxen ging. „Walker?"

Keine Antwort.

Nichts als die üblichen Scheunengeräusche, was bedeutete, es war alles andere als still. Pferde raschelten und wieherten leise, Eimer klirrten, und ein leises Stimmengemurmel kam von irgendwo aus der Ferne, während die Arbeiter von Silver Stone mit ihrem Tag fortfuhren. Genau dort, wo sie war, gab es allerdings nur leere Gänge und gedämpfte Geräusche.

Der süße Geruch nach sauberem Heu kitzelte Ivy in der Nase, und sie musste sich anstrengen, damit sie nicht nieste.

Niesen musste man um jeden Preis vermeiden.

„Walker?"

Sie schaute wieder auf ihr Handy, aber nur seine

ursprüngliche Nachricht war da. Er hatte ihr gesagt, sie solle ihn in der Scheune treffen, aber nun, da sie da war, war er nirgends zu sehen.

Ivy schickte eine rasche Nachricht raus: *Wo bist du?*

Dann setzte sie sich auf einen Stuhl, der an der Seite der Boxen stand, atmete tief ein, damit der Friede dieses Ortes über sie hinwegströmen konnte. Ein Augenblick der Stille im Rausch von allem, was an diesem Samstag erledigt werden musste, war nichts Schlechtes, obwohl es Dinge gab, die erledigt werden *mussten*, weil sie eine Deadline hatten.

Morgen war ihre Hochzeit. Ihre und die von Walker. Nach so vielen Jahren, die sie getrennt verbracht hatten, waren sie endlich wieder zusammen und würden es auch für immer sein.

Sie schloss die Augen, während ihre Lippen sich zu einem Lächeln wölbten. Das Leben war in letzter Zeit äußerst wunderbar gewesen, denn Walker war ...

Na ja, ehrlich gesagt war er in ihrem Herzen.

Etwas stieß sie an den Oberschenkel. Sie öffnete die Augen und war bereit, zu Walker aufzulächeln.

Eine grau-weiße Ziege hob den Kopf zu ihrem und blinzelte sie ernst an.

Mist. Eine der drei Ziegen, die Walkers Nichten gehörten, war geflohen.

Schon wieder.

Ivy legte dem Tier eine Hand auf den Hals, damit es nicht näher kam. Ihre Finger fanden die leuchtend rote Schleife, die am Halsband des Tieres hing, und sein Namensschild wurde sichtbar, sodass sie identifizieren konnte, welche von ihnen sie derzeit bedrängte.

„Okay, bis hierher und nicht weiter, Mene."

Er sah das anders, schob sich fester an sie, als ob er sie umarmen wollte. Nur dass sie keine Ziegenumarmerin war.

Ivy erhob sich, um sich besser abstützen zu können.

„Halt", befahl sie in ihrer besten stellvertretenden Schulleiterinnenstimme, doch Mene schien entschlossen, ihr ganz nahe zu sein.

Ivy zog sich zurück, und im nächsten Augenblick wurde sie an die Wand neben dem Raum mit dem Sattelzeug geschoben.

Es wirkte ein wenig albern, aber sie wollte sich nicht mehr aufhalsen, als sie schaffen konnte. Obwohl Mene nicht so groß war, war Ivy eine Lehrerin, kein Cowgirl. Weil sie Sasha und Emma beobachtet hatte, wie sie sich um ihre Tiere kümmerten, wusste sie, wenn eine Ziege wollte, konnte sie sich durchaus zur Wehr setzen.

Ein Kampf mit einer Ziege am Tag vor ihrer Hochzeit stand nicht auf Ivys Plan, darum schlüpfte sie rasch in den Raum mit dem Sattelzeug und schloss die Tür teilweise, damit Mene draußen blieb.

„Tut mir leid, aber du und ich sind keine besten Freunde. Du musst dir wen anders suchen, mit dem du kuscheln kannst." Sie sah es in Menes Augen. Die unendliche Traurigkeit, abgewiesen zu werden.

Oder vielleicht war es etwas viel Fieseres, denn er senkte den Kopf leicht, kniff die Augen zusammen …

Kurz bevor er herumfuhr und austrat.

Ivy zuckte mechanisch zurück. Die Bewegung war nicht auf sie gezielt gewesen, sondern auf etwas neben der Tür. Ein Klappern ertönte, dann ein Poltern, und die Tür rüttelte unter ihren Fingern.

In einem kleinen Spalt zwischen der Tür und dem Rahmen grinste Mene sie an, bevor er auf dem Absatz kehrtmachte. Elegant trippelte er ein paar Schritte vor, dann sprang er mühelos oben auf die nächstgelegene Box, um dort einen unmöglichen Balanceakt auszuführen. Noch ein Sprung, und er marschierte zum offenen Tor, das hinaus zum Reitplatz führte.

„Lausekerl“, murmelte Ivy, während sie sich daran machte, die Tür wieder zu öffnen.

Nichts geschah.

Sie schob noch einmal, noch während sie durch den Spalt spähte, um zu sehen …

Auf dem Boden vor der Tür lag eine große Kiste und dahinter noch eine. Sie waren fest ineinander verkeilt, und ganz gleich, wie sehr sie schob, konnte Ivy die Tür nicht zum Nachgeben bringen.

Sie versuchte es allerdings gute zehn Minuten lang, denn wenn sie darum bitten musste, dass man sie rettete, würde sie erklären müssen, wie sie überhaupt erst in diese Lage geraten war.

Es hatte keinen Sinn.

„Meine Güte.“ Ivy legte die Stirn an die feste Holzverkleidung und lachte. Besiegt von einer Ziege. Nicht gerade ihr bester Moment, aber es war so witzig, dass sie die Situation allein schon wegen ihrer Niedagewesenheit wertschätzen konnte.

Indem sie schließlich zugab, geschlagen zu sein, zog sie ihr Handy heraus und rief Walker an.

In unter fünf Minuten wurde die Öffnung der Tür größer, um seine vertrauten, hocherfreulichen Züge zu enthüllen. In Walkers Augen leuchtete Neugier, aber es stand auch Sorge darin. „Interessanter Treffpunkt. Hast du vor, deinen Beruf zu wechseln, Prinzessin?“

Sie kam in seine Arme, legte die Finger um seine breiten Schultern. Saugte seine Wärme auf und ließ das Glück in ihrem Tonfall sicherstellen, dass sie wirklich in Ordnung war. „Mene war das böse Genie hinter diesem geheimen Treffen.“

„Ach, ja. Die Ziegen der Verdammnis.“ Walker schob ihr die Finger unters Kinn und musterte sie genau, bevor er nickte, als wäre er zufrieden, dass sie nichts vor ihm verbarg. „Ich bin von meinen Brüdern aufgehalten worden, um ein Update über alles zu bekommen, und wir wurden gerade fertig, als Mene vorbeischaute. Dann hast du angerufen.“

Sie hätte noch weiter erklärt, doch Walker ließ eine große Hand um ihren Hinterkopf gleiten, und mit sanfter, aber beharrlicher Stärke zog er sie an sich. Kurz streiften ihre Münder einander, dann noch einmal. Seine Lippen waren weich an ihren, ließen ein winziges bisschen des Frusts verschwinden, der sich bei ihrer misslichen Lage eingestellt hatte.

Die Küsse wurden heißer, je länger sie weitermachten. Walker legte seine freie Hand an ihren Rücken, sodass ihre Körper ganz in Kontakt kamen. Seine Härte hob sich auf so perfekte Art von ihrer Weichheit ab, seine hageren Züge und seine felsenfeste Leidenschaft ließen Ivy vergessen, dass sie von einer Ziege festgesetzt worden war. Vergessen, dass sie immer noch für ihre Hochzeit fertig werden musste.

Das Morgen vergessen, das sie sowohl unbedingt wollte als auch fürchtete, denn Feierlichkeiten bedeuteten Zusammenkünfte, und obwohl es *ihre* Leute waren, wusste Ivy trotzdem niemals, wie sie vor einer Menschenmenge reagieren würde.

Zwischen ihr und Walker loderte Leidenschaft hoch, intensiv und wild, wie es immer geschah. Weiße Blitze und Feuer, sie waren bereit, sich noch näher zu kommen, und als Walker sie voneinander löste, geschah es sehr viel früher, als sie erwartet hatte.

Er lehnte seine Stirn an ihre, atmete schwer, während er seine eiserne Selbstbeherrschung nutzte, um sie zu verlangsamen. „So gerne ich weitermachen möchte, wir müssen los und mit den Ziegen helfen.“

„Machen wir Eintopf?“, fragte Ivy. „Darauf könnte ich

mich einlassen … Oh!" Sie duckte sich, seine Finger rutschten von ihrem Hintern. „*Walker*. Nicht zwicken."

„Keinen Kannibalismus vorschlagen", scherzte er. „Diese Ziegen gehören zur Familie."

„Entfernte Verwandte", beharrte sie. „Und sie dürfen mich nicht Tante Ivy nennen."

Er lachte, während er die Finger um ihre legte und sie aus der Scheune führte. „Mir gefällt deine Jacke, Schneeprinzessin."

Sie hatte die hellblaue Jacke heute Nachmittag angezogen, weil sie wusste, dass sie ihn zum Lächeln bringen würde. „Ich liebe dich."

Er ließ sie an der Seite des Ziegenstalls mit einem feurigen Kuss stehen, dann schloss er sich der Jagd nach den flüchtigen Tieren an.

Seine vier Brüder arbeiteten mit Sasha und Emma, obwohl es eher ums Armwedeln und aufgeregte Rufen zu gehen schien als ums Ziegenfangen.

Die äußerst schwangere Tamara wurde von ihrer Schwester Lisa durch den Schnee zu Ivy geführt.

Ivy nahm Tamaras Hand und half ihr, das Geländer als Stütze zu nehmen. „Schön zu sehen, wie du mal draußen unterwegs bist."

Tamara grinste. „Wie könnte ich denn auch nur eine von diesen wilden Ziegeneskapaden versäumen?"

Ihre Schwester wirkte verblüfft. „Ich frage mich, ob die Mädchen den Stall manipulieren, damit die Tiere rauskommen, weil dann so viel Aufregung entsteht."

Alle drei hielten inne, beäugten einander, während sie darüber nachdachten, ob es wirklich möglich war.

Dann musste Ivy den Kopf schütteln. „Nein. Ich glaube, da sind zu hundert Prozent böse Ziegenkräfte am Werk."

„Sehe ich auch so. Und um Himmelswillen, denk niemals

mehr an diese Idee, Lisa, denn wenn sie es könnten, würden meine Töchter es tun", warnte Tamara sie ernst.

„Ach, keine Sorge." Lisa warf einen Blick auf das Chaos, ein Lächeln auf dem Gesicht. „Von unserer Seite aus sind wir fast fertig für morgen", sagte sie zu Ivy.

„Von meiner Seite aus auch fast fertig", entgegnete Ivy fröhlich.

Lisas Kopf fuhr herum, und sie warf Ivy einen ihrer Blicke zu. Diejenigen, die besagten, dass die Frau Ivy kannte, und wusste, wann sie ihnen etwas vorlog.

Im nächsten Augenblick stellte sie fest, dass sie in einer festen Umarmung war, und Lisa flüsterte ihr ins Ohr: „Du wirst einen tollen Tag haben, das weiß ich einfach. Vertrau mir."

Die reine Zuversicht in dieser Botschaft reichte, dass Ivys Nerven sich ein wenig entspannten. „Danke", flüsterte sie, bevor sie sich Tamara am Zaun anschloss.

Lisa ging zurück. „Wenn ihr beiden klarkommt, helfe ich beim Einfangen."

Tamara winkte sie weiter.

So viel, auf das man sich freuen konnte, so viel Glück. Ivy dachte darüber nach, wie gesegnet sie war, als sie und Tamara die sieben Menschen beobachteten, die erfolglos die drei Ziegen jagten, ohne dass ihnen jemals die Energie ausging.

Ein einzelner Reiter erschien. Ein Seil schwebte heran, aber anstatt über einen Ziegenkopf zu fallen, legte es sich um Lukes Schultern.

Seine Verlobte Kelli James kam näher, um ihn zu befreien. Ivy drehte sich betont weg, damit es nicht aussah, als würde sie sie beobachten, aber es war unmöglich, wegzuschauen, als die beiden sich davonstahlen. Liebe war in jeder ihre Bewegungen festgeschrieben.

Neben ihr lachte Tamara fröhlich über ihre Kinder und

ihren Mann. Der normalerweise solide und strenge Caleb schien es mit den Kindern richtig hochzuspielen, und Ivy lächelte beim Geräusch des Gelächters kleiner Mädchen.

Als sie sich umschaute und feststellte, dass Walker sie mit verliebten Augen anschaute, schmolz sie beinahe dahin.

Was immer der nächste Tag brachte, sie würde es durchstehen, weil Walker bei ihr sein würde. Ihr Herz, ihre felsenfeste Grundlage.

Ihre Liebe.

Walker zwinkerte, dann warf er ihr einen Luftkuss zu.

Im nächsten Augenblick duckte sich eine der Ziegen an Dustins ausgestreckten Armen vorbei und rammte von hinten Walkers Knie, sodass er mit rudernden Gliedern zu Boden ging.

2

WALKER

Es war einfach nicht richtig. Einen Tag später grinste Dustin noch *immer* jedes Mal, wenn er zu Walker schaute.

„Ich tu dir noch weh", sagte Walker, während er an seinem jüngeren Bruder vorbeiging. Sie waren in der Ranchhaus-Küche von Silver Stone und bereiteten sich auf die Hochzeit vor. „Hör jetzt auf, oder es wird dir noch leidtun."

Sonst hatte keiner ein Wort über Walkers Sturz gesagt. Natürlich war Caleb damit beschäftigt gewesen, Tamara schöne Augen zu machen, und Luke war mit Kelli verschwunden, aber trotzdem ...

Es war einfach nicht richtig, dass sein kleiner Bruder gesehen hatte, wie er von einer *Ziege* umgelegt wurde.

Dustin hob die Hände hoch. „Gut. Es ist dein Hochzeitstag, also bin ich nett."

„Das heißt, morgen gehst du dann wieder zum Nerven über, ja?"

Sein kleiner Bruder grinste erneut.

„Du Esel." Walker murmelte es leise vor sich hin, um auf die kleinen Menschen zu achten, die durch das Zimmer liefen.

Dustin wackelte mit den Augenbrauen, dann ging er los, um einem Ruf nach Unterstützung von Tamara zu folgen.

Im nächsten Augenblick stand Lisa neben Walker. „Tansy hat angerufen. Sie sind unterwegs. Sie sollten in zehn Minuten da sein."

Walker hatte nicht erwartet, Schmetterlinge im Bauch zu haben, aber da waren sie, übernahmen die Kontrolle über sein Inneres, genauso wie früher, als er sich auf den Rücken von Bullen gesetzt hatte.

„Ach, hey." Lisa tätschelte ihre Tasche und zog ein gefaltetes Blatt Papier heraus. „Deine Schwester hat vor ein paar Tagen einen Brief geschickt und gesagt, ich soll ihn dir jetzt geben."

„Danke."

Heute Morgen hatte er auch eine E-Mail von seiner Pflegeschwester Dare erhalten, mit guten Wünschen von ihr und ihrem Mann Jesse und einem Versprechen, bald zu Besuch zu kommen.

Er faltete das Blatt auf und sah Ginnys vertraute Handschrift.

Walker,

Du nimmst Befehle einfach nicht gut an, oder? Ich habe dir gesagt, du sollst warten, bis ich zurückkomme, aber nein, du musst ja heiraten, während ich noch weg bin und mich in Italien herumtreibe.

Also gut. Ich verstehe es. Ich habe gesehen, wie du Ivy ansiehst, als ich im Sommer da war. Mach schon und genieß ab sofort diese wahre Liebe unter Verheirateten.

Ihr beiden habt es verdient.

Das meine ich ernst. Du bist ein toller großer Bruder, und

Ivy ist wunderbar, und ich freue mich darauf, eure Hochzeit anzusehen und zu weinen.

(Vertrau mir, das ist was Gutes. Mädchen weinen einfach gern bei Hochzeiten.)

Ich liebe dich, Bruder.

Deine Lieblingsschwester namens Ginny.

Walker blinzelte heftig, noch während er grinste. Sie war einfach nur so … Ginny.

Er wandte sich an Lisa, die geduldig wartete. „Danke. Hast du alles hergerichtet?"

Die Idee hatte ihren Anfang damit genommen, dass sie den Augenblick verewigen und mit seinen Schwestern teilen wollten, aber dann hatte ihn die Wahrheit getroffen – Ginny und Dare waren nicht die Einzigen, die es zu schätzen wüssten, die Hochzeit zu sehen.

Der Rest des Plans war von dort aus weiter gewachsen.

Lisa deutete durch den Raum auf den Fernsehbildschirm, der aus dem Familienzimmer im Keller heraufgeholt worden war. Ein herrliches Bild von einem in Eis gehüllten Wasserfall war auf dem Bildschirm zu sehen. Reglos, außer man schaute genauer hin. Dann konnte man tatsächlich erkennen, wie die zarten Äste langsam schwankten, während der Märzwind wie ein Flüstern durch die fernen Wipfel strich.

„Ich habe den Recorder laufen", versicherte ihm Lisa. „Ich nehme euch auf, und ich habe eine Kamera im Raum hier. Das bedeutet, ihr habt die rechtlichen Zeugen, die ihr braucht, und außerdem könnt ihr unsere ganzen Reaktionen sehen. Also benehmt euch. Oder nicht, das ist eure Entscheidung."

„Verstanden." Walker beobachtete, wie sein ältester Bruder näherkam. „Ich denke, das ist mein Stichwort."

Walker wurde rasch in die Arme genommen, als Lisa ihn fest drückte. Sie ließ ihn los und zwinkerte dann. „Habt eine schöne Hochzeit."

Bevor er etwas erwidern konnte, senkte sich Calebs Hand auf seine Schulter. Im nächsten Augenblick war er draußen, stand neben seinem Pferd Hannibal.

Luke und Caleb schlossen sich ihm an, die Arme vor der Brust verschränkt, die Mienen angespannt.

Meine Güte. Was er jetzt auf gar keinen Fall brauchte, waren schlechte Neuigkeiten. „Ihr macht mir Angst", knurrte Walker. „Was ist los?"

Calebs Gesicht veränderte sich nicht, doch ein Muskel in Lukes Wange zuckte einen Augenblick, bevor er die Schauspielerei aufgab und ein breites Grinsen sehen ließ. „Verdammt, ich wusste, dass ich das nicht kann."

Ihr ältester Bruder verdrehte die Augen und stieß Luke in die Schulter. „Feigling."

„Ja, dann verklag mich halt." Luke zog Walker in die Arme, klopfte ihm fest genug auf den Rücken, dass seine Zähne klapperten. „Ich freue mich so für dich, Bruder."

„Ich auch", stimmte Caleb zu, bevor er Walker mit ähnlicher Begeisterung auf den Rücken schlug.

„Hey, seid mal sanft mit dem Bräutigam. Wenn ihr mich kaputtmacht, wird Ivy euch beiden die Hölle heißmachen", warnte sie Walker.

Aber dieser Augenblick mit Luke und Caleb war richtig und gut. Eine Bestätigung der Zugehörigkeit, die Walker mit seinen engsten Freunden teilte, die zufällig auch seine Familie waren. Genauso wie der scherzende Dustin vor ein paar Minuten richtig gewesen war, und die Nachricht von Ginny ...

Anders hätte es Walker nicht gewollt.

Und dann war sie da, und Ivy war alles, was er noch sah.

Sie stieg aus dem Auto, und er war da, um sie an der Hand zu nehmen, schaute erstaunt auf sie hinab. „Mein Gott, du bist wunderschön."

Ihre Wangen röteten sich, aber sie sah ihm direkt in die Augen. „Vielen Dank."

Ivys Mom und Schwestern versammelten sich, um sie ein letztes Mal zu umarmen, bevor sie ins Haus schlüpften.

Ihre Mom blieb noch einen Augenblick. Sie nahm Ivys Gesicht in die Hände und schaute sie voller Liebe an. „Du *bist* wunderschön, Süße, von innen nach außen. Weil du bist, wer du bist, und weil du so sehr liebst. Wir sind so stolz auf dich, dein Vater und ich. Wir segnen dich an diesem besonderen Tag."

In Ivys Augen traten Tränen. „Mom ..."

„Ich weiß, ich soll dich nicht zum Weinen bringen." Sophie Fields wandte sich an Walker und schockierte ihn höllisch, als sie auch sein Gesicht nahm. „Und du. Deine Mom und dein Dad wären so stolz auf den Mann, der aus dir geworden ist."

Walkers Kehle wurde eng, und er brachte kein Wort heraus.

Sophie beugte sich heran und sprach leise. „Ich weiß, dich soll ich auch nicht zu Weinen bringen, aber man musste es ja mal sagen." Sie gab ihm einen Kuss auf die Wange und trat dann zur Seite. „Habt Spaß, Kinder."

Die Haustür schloss sich, und plötzlich waren es nur noch sie. Er und Ivy, die auf dem verschneiten Boden neben seinem Pferd standen.

Ivy musterte ihn vorsichtig, unsicher, weil die Ereignisse sich unerwartet gewendet hatten. „Ähm, macht es dir was, mir zu erklären, was hier vorgeht?"

„Nein." Er hob sie in die Arme. Ivy quietschte leise, während sie sich an seinem Nacken festhielt.

Einen Augenblick später saß er im Sattel, Ivy sicher seitlich auf seinem Schoß drapiert. Walker schnalzte für Hannibal mit der Zunge und wandte ihn zu den Bergen.

Ivy drückte Walker eine Hand auf die Wange, während sie

leise lachte. „Ist das ein Nein, du erklärst es mir nicht, oder nein, es macht dir nichts aus, es zu erklären?“

„Es geht um unsere Hochzeit, und dafür brauchen wir kein Publikum.“ Sie waren in einem schönen, lockeren Tempo in die richtige Richtung unterwegs, also konzentrierte Walker sich auf seine Braut. „Ich liebe dich, Schneeprinzessin. So verdammt fest, ich könnte oben auf dem höchsten Berg stehen und es in den Himmel rufen. Aber ich brauche keine Schar von Leuten, die uns zujubeln – Moment, das stimmt nicht. Wir *brauchen* eine Schar von Leuten, die uns zujubeln, uns unterstützen und die uns wissen lassen, dass sie für uns da sind. Die haben wir. Deine Familie und meine.“

„Und doch scheinen wir uns von dem Haus zu entfernen, wo, wie ich mir ziemlich sicher bin, der Großteil unserer Familie sich versammelt hat.“ Ivys Blick wurde weich. „Und ich trage eine Daunenwinterjacke über meinem Hochzeitskleid.“

Walker strich mit der Hand ihren Arm hinab und bewunderte ihre hellblaue Jacke und die Teile des Hochzeitskleids, die er sehen konnte. Kleine blaue Blumen mit glänzenden silbernen Mittelpunkten waren in ihr silberweißes Haar geflochten, und sie sah wirklich aus wie die Schneeprinzessin, in die er sich vor all den Jahren verliebt hatte.

„Mein Gott, du bist so schön“, wiederholte er, denn er konnte nicht anders.

Ivy lachte, während sie ihn fest umarmte. „Ich liebe dich, Walker Stone.“ Sie lehnte sich weit genug zurück, um ihm in die Augen zu schauen. „Hat dein Geheimnis irgendwas damit zu tun, weshalb meine Mutter darauf bestanden hat, dass ich unter meinem Kleid lange Unterwäsche trage? Was, wie ich dir sagen muss, eine der unangenehmsten Unterhaltungen war, die ich in jüngster Zeit mit ihr hatte. Oder vielleicht erklärt es, weshalb mein Vater das Haus eine Stunde vor uns verlassen hat?"

Walker dachte darüber nach. „Vermutlich?"

Er sagte ihr, wohin sie unterwegs waren, und dass die Hochzeit aufgezeichnet werden würde, dann lenkte er sie weiterhin für den Rest des Ritts ab, indem er sie mit Erinnerungen fütterte und mehrmals „Weißt du noch?" fragte, bis sie beide glänzende Augen hatten und lachten.

Als sie endlich neben dem gefrorenen Teich unten an den Heart Falls anhielten, leuchteten Ivys Wangen, und ihre Augen strahlten.

Ihr Vater Malachi Fields – der geduldig unten an den Wasserfällen gewartet hatte – kam vor, um Hannibals Zügel zu nehmen. Walker glitt von seinem Rücken und setzte Ivy vorsichtig auf dem Boden ab. Seinen Hut ließ er am Sattel hängen, fuhr sich mit der Hand durch die Haare und hoffte eindringlich, dass er nicht zu wild aussah.

Malachi nickte ihnen zu. „Na, es ist jetzt wohl Zeit für das große Ereignis. Bist du bereit, Ivy?"

„Ja, Papa", flüsterte Ivy. „So was von."

Er grinste und führte sie dann ein paar Schritte zur Seite, stellte sie genau richtig für die Kamera auf, bevor er tief Luft holte. „Es war mein Privileg, schon ein paar solche Feierlichkeiten zu leiten, aber ich gebe zu, auch wenn jede davon besonders war, wird diese mich vielleicht ein bisschen aus dem Tritt bringen. Wenn es also so aussieht, als könnte ich nicht mehr weitermachen, macht ihr zwei einfach und beendet es ohne mich."

Walker lachte, dann wurde ihm klar, dass Malachi nicht scherzte. „Ja, Sir."

Ivy drehte sich zu Walker um, legte ihre Hände in seine, und er glitt in eine Art Traumwelt ab.

Er wusste, dass die Wasserfälle da waren – eine gefrorene

Erhabenheit aus Schründen und Nischen und schimmernden meterlangen Eiszapfen, wie es sie nur in einem wilden Winterwunderland geben konnte.

Der Himmel über ihnen war tiefblau, und die Luft kühl in seiner Kehle, während er einatmete, obwohl der März sanft wie ein Lamm gekommen war, und die Temperaturen wärmer waren als normal, da ein Chinook-Wind wehte.

Als er Ivy in die Augen schaute, ging sein Atem schneller. Sie brachte ihn dazu, sich zu konzentrieren, auf die Weichheit ihrer Hände in seinen. Auf ihren langen weißen Rock, der mit winzigen blauen Blumen übersät war, die im Sonnenlicht funkelten.

Sie trug immer noch ihre Daunenjacke.

Malachi sprach, aber Walker war ganz auf die Frau konzentriert, die er liebte. Auf ihr Gesicht und ihre Lippen, und die Krümmung ihrer Wange, und die süßen Erinnerungen, die er mit ihr hier an den Wasserfällen hatte, und in seinem Bett und in seinem Leben und überall.

Er war so konzentriert, dass er nicht sicher war, weshalb sie ihn plötzlich angrinste.

Er schaute zu Ivys Vater. „Habe ich was verpasst?"

„Walker", Malachi lehnte sich leicht zurück, seine Miene hundertprozentig zufrieden. „So, wie du meine Tochter ansiehst, heißt das, dass du nichts wirklich Wichtiges verpasst hast. Wenn du ihr aber etwas darüber sagen willst, dass ihr beiden für immer zusammen bleibt, dann wäre das ein toller Augenblick."

„Ja, Sir." Mist. Er verpasste die Einsätze während seiner eigenen Hochzeit. Walker fuhr sich mit der Hand durch die Haare. Holte Luft und setzte dann an.

„Ivy, ich habe über diesen Augenblick nachgedacht, und über das, was ich dir sagen möchte, aber es ist ziemlich einfach, wenn's ans Eingemachte geht. Du weißt, wie ich zu dir stehe.

Ich weiß, wie du zu mir stehst. Wenn wir also die nächsten fünfzig oder mehr Jahre daran arbeiten, werden wir es schließlich perfekt hinbekommen. Ich freue mich auf jede Minute."

Er hielt inne, weil er nicht wusste, was er ihr sonst noch sagen sollte.

Das war nicht romantisch oder süß oder irgendetwas in der Art gewesen. Poesie und Rosen konnte er nur in Liedern, wie es schien, und das hatte er für sie bereits getan.

Ivys Lippen wölbten sich nach oben. „*Wie* stehst du denn zu mir, Walker Stone? Was für ein Gefühl ist es denn, mich zu lieben?"

Plötzlich war er wieder auf festem Boden. „Das ist ganz leicht."

Er legte einen Arm um sie und drehte sie um, bis sie zu den Wasserfällen schauten. Er deutete ganz nach oben, auf den Felsvorsprung, auf den er einst geklettert war. „Stell dir vor, du stehst da oben und rennst dann vor und springst los."

Ivy bebte buchstäblich in seinen Armen. „*Ähhhmmm ...*"

Er drehte sie, damit er sich zu ihr beugen konnte, jetzt auf Augenhöhe mit ihr. „Dich zu lieben ist eine Million Mal aufregender und herzbeschleunigender, und, mein Gott, ich werde niemals genug von dir haben. Ich liebe dich, Ivy Fields, und ich bin so dankbar, dass du meine Frau werden willst."

Sie schmiegte sich an ihn. „Du bist toll, und obwohl ich nicht glaube, dass ich mich jemals von einer Klippe stürzen könnte, bin ich bereit, mich in die Ewigkeit mit dir zu stürzen. Danke, dass du mich liebst. Danke, dass du niemals aufhörst. Ich liebe dich so sehr."

Das Protokoll konnte man vergessen. Wenn seine Frau so von Herzen *ich liebe dich* sagte, dann musste Walker sie küssen. Also tat er es.

Er nahm Ivy hoch, und gleich hier vor dem grinsenden

Malachi küsste er seine Braut, bevor er die Erlaubnis dazu erhalten hatte.

Die Sonne schien auf sie herab, ein Blitzen von hellem Licht, das von der Oberfläche des Teiches zurückgeworfen wurde und wie ein Scheinwerfer strahlte, als Ivy den Kuss erwiderte.

Walker ließ den Austausch irgendwie angemessen für die Augen der Öffentlichkeit, löste sich nur genug von ihr, um schamlos seinen neuen Schwiegervater anzugrinsen. „Also. Heißt das, wir sind verheiratet?"

Ihm antwortete ein grollendes Lachen. Malachi nickte, während seine Erheiterung eindeutig zu sehen war. „Klar. Warum nicht? Willkommen im Eheleben, Walker und Ivy Stone."

Ein lautes Krachen erklang, wie ein Schuss aus einer Waffe. Das Geräusch hallte, während ein Brüllen die Luft erfüllte. Hinter ihnen reagierte die gefrorene Oberfläche des Wasserfalls auf die Hitze des Tages, und ein großer Teil löste sich von ganz oben, um mit betäubendem Lärm zu Boden zu fallen.

Das setzte eine Kettenreaktion in Gang, während die Luft sich mit einem Crescendo aus glockenartigem Klirren und Kreischen und Knistern auflud, und Ivy lehnte sich an Walkers Seite. Zusammen schauten sie verwundert zu, wie die ganze Eiswand herabfiel. Überall regnete es zerbrechende Scherben, und da das Sonnenlicht vom Eis zurückgeworfen wurde, war es wie eine Lightshow mitten am Tag.

Es dauerte lange, bis es in der Gegend wieder ruhig wurde. Walkers Herz raste.

Ivy atmete schwer, als sich zu ihm zurückwandte. Leicht schüttelte sie den Kopf. „Walker Stone, das war die beste Hochzeit, die ich mir hätte vorstellen können."

Er legte die Hand um ihre und drückte sie fest. „Ich auch. Ivy *Stone*."

Reine Freude leuchtete aus ihren Augen, bevor Walker der Versuchung nachgab und sie noch einmal küsste.

Natürlich fiel ihm dann ein, dass das Ganze aufgezeichnet wurde. Alles von seinem Mangel an Konzentration bis hin zu dem Eisbruch und dem ganzen Rest. Er konnte sich das Gelächter und den Jubel vorstellen, die gerade auf Silver Stone ausbrachen …

Die Erinnerungen, die geschaffen wurden und auf eine Art geteilt, die für sie beide perfekt war.

Walker ließ Ivy los, hielt aber ihre Hand fest. „Willst du mit mir in die Kamera winken?", flüsterte er.

Ivy blinzelte fest, bevor sie nickte. „Das habe ich vergessen." Schön zu wissen, dass es nicht nur ihm so ging. „Wir haben an andere Dinge gedacht." Er drehte sich zur Kamera, und sie winkten beide.

Walker stellte plötzlich fest, dass er in eine herzliche Umarmung gezogen wurde, während ihm Ivy einen weiteren glühend heißen Kuss gab.

In seinen Inneren kam Gelächter auf, und er hob sie in die Arme und wirbelte sie herum. Mit fliegendem Rock, und ihr langes Haar wehte hinter ihnen.

Liebe in ihren Augen, während sie in seine schaute.

„Ich liebe dich", wiederholte sie sanft, nur für ihn. „Jetzt und in alle Ewigkeit."

Die rollenden Büsche waren zu Hause angekommen.

MÖCHTET ihr Walkers und Ivys Geschichte lesen, findet ihr sie in Das Lied des Ranchers, dem zweiten Buch der Reihe Die Stones aus Heart Falls.

EINE WILDE PFERDEHOCHZEIT

Im späten April macht Kelli James ihrem Verlobten Luke Stone etwas Ärger. Wie gut, dass er nichts lieber mag als Unfug im Kelli-Format.

Zeitleiste: Diese Geschichte spielt im Frühling, etwa einen Monat vor dem Beginn von Die geheime Liebe des Cowgirls.

1

KELLI

Kelli James lag ausgestreckt im Heuschober, Stroh stach ihr in den Hintern, während sie die Staubteilchen anschaute, die durch den Sonnenstrahl über ihr trieben.

Es war so ziemlich einer ihrer Lieblingsorte. Die Scheune, wo sich sogar jetzt die Pferde träge in ihren Boxen bewegten. Der Geruch der Luft, die reine Landluft, was bedeutete, nicht viel Dung, aber tonnenweise dieses üppige Erdaroma, das sich immer dort hielt, wo Tiere lebten.

Ja. Es war ihr entspannendster Fluchtort, doch trotzdem hatte sie das Gefühl, innerlich würde sie schlimmer zittern als jedes Mal, wenn sie es mit einem Tier hatte aufnehmen müssen, das mehr Energie als Hirn hatte.

Bodendielen quietschen, doch das leise Pfeifen, das sich zu dem Geräusch gesellte, bedeutete, dass sie sich nicht die Mühe machen musste, sich zu bewegen, außer einen Arm über ihre Stirn fallen zu lassen.

Es blieb keine Zeit, das Beweismaterial neben ihr zu verstecken.

Lukes vertrautes Lachen kitzelte sie in den Ohren. „In dieser Pose siehst du ziemlich nach einer verirrten Jungfer in Nöten aus. Hast du Schauspielunterricht bei Lisa und Josiah genommen?"

Kelli rollte sich auf die Seite, während er sich rechts von ihr auf einem Heuballen niederließ. Ganz gleich, wie frustriert sie war – die Gelegenheit zu bekommen, sich ihren Kerl anzusehen, sollte man sich nicht entgehen lassen.

Eine dunkle Haarsträhne war ihm über die Stirn gefallen, der leichte Bartschatten auf seinen Wangen und seinem Kinn zeigte, dass der Tag fast zu Ende war. Was immer er gearbeitet hatte, es war heiß genug geworden, dass er sich die Hemdsärmel hochgerollt hatte, was ihr einen Blick auf seine starken Unterarme gewährte.

Muskeln pressten sich an den Stoff über seinen Bizeps, seine Oberschenkel in Jeans nur einen halben Meter von ihr entfernt …

„Du siehst ziemlich lecker aus", sagte sie, ohne auf seine Frage zu achten. „Wie siehst du denn unsere Chancen, dass wir erwischt werden, falls ich beschließe, dich hier und jetzt anzuspringen?"

Er beugte sich vor, die Ellbogen lagen auf seinen Knien, während er nach unten schaute. „So ziemlich hundert Prozent. Obwohl ich keine prinzipiellen Einwände gegen Anspringen habe."

Sie rollte sich noch etwas weiter hoch, ließ die Hände über seine Oberschenkel wandern und kam ganz nah, damit sie den Kopf für einen Kuss zurücklegen konnte.

Im nächsten Augenblick waren seine Arme um sie, hoben sie hoch, während er sich zurücklehnte, um ihren Körper über seinen zu legen. Die ganze Zeit ging der Kuss weiter. Ein wenig heftiger, ein wenig fordernder.

Die feste Liebkosung seiner Hände über ihren Rücken und

ihren Hintern hinab ließ ihren Motor sogar noch heißer aufheulen. Sein muskulöser Körper war felsenfest auf alle möglichen interessanten Arten.

Von ganz oben an den Stufen erklang ein Hüsteln.

Lukes Lippen wölbten sich an ihren zu einem Lächeln. „Hundertzehn Prozent."

„Wie gut, dass ich euch beide so gut kenne." In Calebs Beschwerde lag ein Hauch Erheiterung. Dann erhob er die Stimme und rief hinter sich. „Okay, Mädchen. Ihr könnt jetzt rauf kommen. Tante Kelli ist hier. Sie kann uns helfen, die Kätzchen zu suchen."

Ihre zwei kleinen Lieblingsmenschen kamen gleich, darum drückte sie Luke einen letzten raschen Kuss auf die Lippen, bevor sie ein schnelles Versprechen murmelte. „Anspringen wird dann später was."

Er tätschelte ihren Hintern, während er so tat, als würde er ihr helfen, auf die Füße zu kommen.

Kelli unterdrückte ein Kichern, während sie Sasha und Emma begrüßte. „Ist es Zeit zum Kätzchenkuscheln?"

„Kelli sagt, es ist immer Zeit zum Kätzchenkuscheln." Sasha blinzelte. „Ich meine, *du* sagst das."

Emma nickte begeistert, ließ eine Hand in die von Kelli gleiten.

Mein Gott, diese Kinder waren so süß. Obwohl die Tatsache, dass Sasha alles wiederholte, was Kelli sagte, eine deutliche Erinnerung daran war, auf ihre Sprache zu achten.

„Na ja, ich will jedenfalls keine Jagd nach den Kätzchen unterbrechen." Lukes Versuch, zur Seite zu treten, wurde sofort von Sasha unterbunden, die ihn an der Hand nahm.

„Du kannst bleiben, Onkel Luke. Kelli sagt, Kätzchenkuscheln hilft, damit Leute weniger nörgelig sind." Sasha schaute zu ihm auf, den Kopf auf eine Seite gelegt.

„Ist Onkel Luke nörgelig?", schloss sich Emma dem

Necken an, bevor sie die Stirn leicht in Falten legte. „Schon okay, ich lasse dich mit meinem Lieblingskätzchen kuscheln. Dann fühlst du dich bestimmt besser."

O mein Gott. Kindermund tat Wahrheit kund. Kelli schaute zu Luke auf, versuchte, ihr Grinsen zu verstecken. „Na, wir können ja keinen nörgeligen Onkel Luke über die Silver Stone Ranch marschieren lassen, oder?"

Luke nahm es gelassen, obwohl er über die Schulter schaute und warnend einen finsteren Blick nach hinten warf. „Keine Anmerkungen auf den billigen Plätzen."

„Ich habe kein Wort gesagt", behauptete Caleb, der protestierend die Hände hob. Dann rieb er die Handflächen aneinander und ging weiter, als würde ja unbedingt anfangen wollen. „Okay, Mädchen. Gehen wir und suchen ein paar Kätzchen."

Sie liefen los, stiegen vorsichtig über Heuballen, aber nicht, bevor Luke den Stapel aus Magazinen erspähte, durch die Kelli geblättert hatte. Diejenigen, in denen es darum ging, den perfekten Hochzeitstag auf die Beine zu stellen, und die letzte Mode, was Hochzeitskleider anging.

Die Magazine hatten Kelli völlig in den Wahnsinn getrieben, seit ihre Freundinnen ihr einen Stapel während eines kürzlichen Mädelsabends geschenkt hatten.

Die Kätzchen aufzuspüren, war genau das, was sie brauchte, um die wilden Schmetterlinge in ihrem Bauch zu beruhigen.

Dass sie mit Luke verlobt war? Das war ehrlich gesagt das Tollste, was ihr in ihrem Leben passiert war. Es bedeutete, dass sie mit dem Mann zusammen sein durfte, den sie mehr als alles liebte. Es bedeutete, Teil einer wunderbaren Familie zu sein und ein Heim zu haben.

Die ganze Sache mit dem Hochzeitskleid? Das begeisterte sie weniger. Da wurde ihr schon eher schlecht.

„Komm, Tante Kelli." Das war Emmas süße Stimme. Sie war oben auf einen Übergang gestiegen und schaute ehrfürchtig an ihren Händen vorbei nach unten. Kelli schloss sich ihr an, durch ihren Körper rauschte genug Glück, um all die nörgeligen, grummeligen Gefühle loszuwerden, die ihr Glück gemindert hatten.

Rund um die Mama gab es eine ganze neue Kätzchenschar. Von dem kleinen Haufen felliger Perfektion strahlte Zufriedenheit aus.

Ihr Rücken wurde von Wärme umfangen, als sich Luke ihnen anschloss, sich um Kelli legte wie eine schützende Decke, während er nach unten schaute und langsam atmete. Er rieb mit seiner Wange über ihre. „Sie sehen recht zufrieden aus, oder?"

Sie war zufrieden. Genau wie diese kleinen Kätzchen waren Lukes schützende Umarmung und Wärme alles, was sie brauchte.

Es waren die einfachen Dinge. Es waren immer schon die einfachen Dinge gewesen.

Irgendwann in den nächsten Tagen würde sie das klarstellen.

2

LUKE

*L*uke Stone war Hals über Kopf verliebt und völlig elend.

Dass man ihn nörgelig genannt hatte, hatte auch nicht geholfen. Die Tatsache, dass seine zehnjährige Nichte auf das Grollen in seinen Eingeweiden aufmerksam geworden war, war ein ziemlich eindeutiges Zeichen, dass er eine Möglichkeit finden musste, das hinzubiegen, und zwar bald.

Und obwohl es eine Kurzzeitlösung war, zusammen mit Kelli die Kätzchen zu streicheln, hatte nicht einmal das Versprechen von wildem, herzbeschleunigendem Sex, sobald sie in der Einsamkeit ihres eigenen Hauses waren, den anhaltenden Frust zur Seite schieben können.

Was bedeutete, dass es Zeit war, etwas deswegen zu unternehmen, denn die Diskussion aufzuschieben, würde es nicht leichter machen.

Caleb und Luke warteten vor der Scheune, dass Kelli Emma und Sasha ihre Gute-Nacht-Umarmungen und -Küsse zu Ende gab. Sein Bruder beäugte ihn vorsichtig. „Willst du darüber reden?"

„Verdammt, steht irgendwas mit Tintenstift auf meine Stirn geschrieben?", fragte Luke.

Sein Bruder zuckte mit den Schultern. „Es ist klar, dass dir irgendwas durch den Kopf geht. Und ich weiß, dass die Dinge zwischen dir und Kelli gut stehen, also ist es das nicht."

Luke dachte darüber nach. „Ich versuche nur, einen Weg zu finden, wie ich die richtigen Leute glücklich machen kann."

„Hmmmm." Ein gemessener Blick. „Ein kleiner Rat. Finde erst einen Weg, der dich und Kelli glücklich macht. Jeder, der diesen Weg nicht mag, gehört nicht zu den wichtigen Leuten."

Es war ein wunderbarer Rat, nur schwierig, wenn Luke nicht sicher war, ob er und Kelli bei diesem speziellen Thema in derselben Richtung unterwegs waren.

Trotzdem neigte er das Kinn, dann gab er seinem Bruder rasch eine Umarmung, bei der er ihm auf den Rücken schlug. „Danke."

Caleb grinste ihn bescheiden an, während Sasha und Emma ihren Papa an den Händen nahmen und anfingen, ihn zurück zum Haus zu führen, wo ihre Mama und ihr Babybruder warteten. „Lass mich wissen, falls ich etwas tun kann, um zu helfen", rief Caleb über die Schulter, bevor er den Mädchen seine volle Aufmerksamkeit zuwandte.

Kellis fester Griff legte sich um seine Finger. „Ich bin bereit, dich anzuspringen, wenn du noch Interesse hast."

Er schaute nach unten, hielt inne, als er den Arm voller Zeitschriften sah, den sie sich an die Brust drückte. „Ich bin auf jeden Fall interessiert, aber willst du nicht erst mal ausreiten?"

Sie warf die Zeitschriften mehr oder weniger auf den Tisch an der Seite des Ganges und wirbelte zum Raum mit dem Sattelzeug herum, während er ihr dicht folgte.

Wie eine gut geölte Maschine waren sie bald auf dem Weg, saßen gemütlich in den Sätteln, während die warme Frühlingsnacht sie umgab.

Kelli hielt ihm einen Müsliriegel hin. „Ich will nicht, dass du vor Hunger mürrisch wirst", scherzte sie.

Wenn man bedachte, dass er dafür sorgte, dass sie erst spät zum Abendessen kommen würden, war das keine schlechte Idee. Sie aßen, während sie still ritten, die Pferde fanden instinktiv ihren Weg zum Teich an den Heart Falls. Es war einer der besonderen Orte auf der Ranch, und Luke konnte davon gar nicht genug bekommen.

Es war ein Ort, an dem man schwierige Unterhaltungen führen und sich trotzdem noch ein bisschen magisch fühlen konnte.

Am Ende hielten sie sich an den Händen, ihre Arme hingen zwischen den Pferden, während sie in einem lockeren Rhythmus zur Wasserkante ritten. Schmelzwasser vom Frühling machte die Wasserfälle gerade ein wenig wilder, der Teich war randvoll, während überall um sie herum Vögel sangen und die frischen grünen Blätter an den Bäumen flatterten.

Kelli glitt von ihrem Pferd, ließ die Zügel fallen, damit es herumgehen und am frischen grünen Gras knabbern konnte.

Luke nahm sie an den Fingern und führte sie hinauf zu den Felsen, wo die perfekte Herzform des Teichs deutlich sichtbar war.

Sie ließ einen Arm um seine Taille gleiten, ihr Kopf lag an seiner Brust. „Hier ist es so hübsch."

Er schaute auf sie hinab. Ihre langen braunen Haare, ihre schönen Augen – die hinausblickten auf die Wildnis, während sie sich fest an ihn drückte. Sie sah aus, als würde sie hierher gehören.

Auf jeden Fall gehörte sie in seine Arme.

Luke musste das Problem wirklich hinter sich lassen. Aber seit sie das Anwesen ihres Großvaters in Kentucky besucht hatten, hatte er sich deswegen Sorgen gemacht. Dass ihre

Freunde Jack und Diane vorbeigeschaut hatten, war wunderbar gewesen, aber es hatte auch zu dem Problem beigetragen.

Kelli kam herum, um sich vor ihn zu stellen, ließ die Hände seine Brust hinaufgleiten. „Ich liebe dich."

„Ich liebe dich auch." Mit allem, was er hatte. Mit jeder Faser seines Wesens, deshalb musste er einfach seinen Mann stehen und entweder sein Problem zugeben oder die Klappe halten und so tun, als wäre es nicht da.

Kelli hob entschlossen das Kinn. „Ich muss dir was sagen."

Sie wirkte so ernst. Einen kurzen Augenblick lang bekam er Panik. „Bist du ... *schwanger?*"

Sie blinzelte. Ihr stand der Mund offen. „O mein Gott, nein. Ich meine, noch nicht. Ich meine, willst du, dass ich das bin?"

„Nein. Ich meine, falls es passiert, wäre das für mich in Ordnung, aber ich dachte, wir sollten noch ein bisschen warten. Also ist es okay, falls du es nicht bist." Luke kam ins Plappern. Und wie er plapperte.

Die Anspannung wich aus ihr, und sie seufzte erleichtert. „Okay. Gut. Ich wollte nur sagen, dass ich dich liebe, und ich will heiraten, aber unter gar keinen Umständen werde ich diese Hochzeit durchziehen. Ich hoffe, das ist okay für dich."

Nun war es an ihm, zu blinzeln. „*Was?*"

Ihre Hände gingen nach unten, und sie nahm seinen Gürtel, als würde sie sich zur Sicherheit festklammern. „Die Mädchen haben mir diese ganzen Hochzeitsmagazine gegeben, und obwohl die schon hübsch sind und so, der Gedanke, dass ich mir ein Hochzeitskleid aussuche, in das ich dann reinkrieche – erstens mal ist das eine echte Geldverschwendung, denn das trage ich nur das eine Mal, ich meine, hallo, das ist doch einfach albern."

Luke hatte daran nie gedacht. „Ich meine, wenn du dir das schon immer gewünscht hast ...“

Kelli schüttelte heftig den Kopf. „Als wir dann Opa Timothy besucht haben, hat er davon gesprochen, die Hochzeit dort abzuhalten. Diane ist darauf auch eingestiegen, und ich hatte seitdem die ganze Zeit Albträume. Ich meine, vermutlich würden sie erwarten, dass ich diesen großen Treppenaufgang runterlaufe. Ich hätte dann dieses verdammte Hochzeitskleid an, das ich überhaupt gar nicht will, und ich konnte immer einfach nur sehen, dass ich stolpere und runterfalle.“

Allmählich machte sich Erheiterung breit. Warum hatte er nur einen einzigen Augenblick lang gezweifelt? „Also, du sagst im Prinzip, keine Hochzeit. Aber du *willst* heiraten.“

Sie neigte entschieden das Kinn. Dann legte sie zögerlich den Kopf schief. „Macht es dir was?“

Er hob sie hoch, hielt sie dicht an sich, damit er die Nase an ihrer reiben konnte. „Weißt du, was mich in letzter Zeit so nörgelig gemacht hat? Der Gedanke an eine große, schicke Hochzeit im Haus deines Großvaters Timothy. Dass ich unten an diesem riesigen, langen Treppenaufgang warten muss, dass du zu mir herabmarschiert kommst, wenn ich dich doch einfach nur an meiner Seite haben möchte.“

„Hör doch auf.“ Kellis Gesicht strahlte. „Das ist übrigens echt süß.“

Sie grinsten einander eine Weile an. Luke wirbelte sie im Kreis und brachte sie zum Lachen, bevor er ihre Füße auf dem Boden abstellte. „Also gut. Dann heiraten wir.“

„Klingt nach einem Plan. Wie machen wir das? Willst du losziehen und ...“ Kelli stutzte, als er sein Handy herausholte und einen Anruf tätigte. Neugier leuchtete auf ihrem Gesicht, während sie darauf wartete, dass er was sagte.

„Malachi? Luke Stone ist hier. Hast du heute Abend schon was vor?“

Es dauerte kürzer als erwartet. Er musste versprechen, ihre bereits ausgefüllten Papiere sobald wie möglich an Malachi zu senden, aber Luke beendete den Anruf, während auf alle möglichen Arten Glück in seinem Inneren hochschoss.

Kelli vibrierte mehr oder weniger vor Aufregung. „Was hat er gesagt? Und heiliger Bimbam, meinst du das ernst?"

Luke nahm sie an der Hand, führte sie um die Außenseite des Teiches. Nebeneinander gingen sie zum Fuß des Wasserfalls. „Er sagte, er kann in fünfzehn Minuten da sein."

Sie zerrte an ihm, damit er stehen blieb. „Das heißt, es bleibt nicht genug Zeit, um alle herzurufen."

Er schaute ihr direkt in die Augen. „Wir werden eine Party haben, um zu feiern, und unsere ganze Familie und unsere Freunde können da sein. Aber hier geht es darum, was für uns richtig ist. Es geht darum, dass wir heiraten ..."

„Für mich passt das", versprach sie. „Ich musste nur klarstellen, dass ich laut gehört habe, wie du sagst, dass das auch deine Entscheidung ist, dass niemand sonst hier sein würde."

Er lachte. Dann führte er sie um den Rand des Sees, wo das grollende Wasser herabstürzte und auf die Oberfläche des Teichs traf. Sie mussten einer nach dem anderen gehen, aber der Weg hinter den Wasserfällen war deutlich, und das Geräusch hallte um sie herum, bis sie wieder hinaus unter freien Himmel traten.

Sie waren etwa zehn Minuten entlang des Ufers außer Sicht gewesen, aber es war lange genug gewesen, dass sich etwas verändert hatte.

Oben auf dem Weg war Malachi sichtbar, der hochgewachsene, dunkelhäutige Mann kam stetig auf sie zu. Ihre Pferde waren am Ufer weitergezogen und nur etwa zwanzig Meter von dort entfernt, wo sie derzeit standen.

Aber es war die andere Seite des Teichs, wo Lukes und

Kellis Aufmerksamkeit sich hin verlagerte. In der Ferne stand eine Gruppe unbekannter Pferde, und Kelli nahm aufgeregt Lukes Hand. „Wildpferde.“

Er schaute zu ihr. „Echt? Ich dachte nicht, dass es die so weit im Süden gibt.“

„Ich habe von ein paar von den Alten unten bei Connie's gehört, dass ein großer Hengst in das Revier gezogen ist.“ Sie schaute zu ihren Pferden, stieß einen scharfen Pfiff aus.

Die Wildpferde erschraken, stapften etwas unbehaglich herum, aber als nichts weiter passierte, nur dass die gut ausgebildeten Tiere gehorsam zu Luke und Kelli kamen, graste die Herde weiter.

Bis Malachi sich ihnen angeschlossen hatte, hatten Luke und Kelli ihre Pferde fest an einen Baum an der Seite des Teichs gebunden, weit genug von der Herde weg, dass sie nicht auf die Idee kommen könnten, wegzulaufen.

Malachi schaute zu den Wildpferden und dann zurück zu Luke und Kelli, die inzwischen Seite an Seite standen, die Arme umeinander gelegt. „Na, das wirkt ja ziemlich passend. Ich nehme an, Sie sind für diese ganze Idee auch zu haben, Ms. James?“

„Sagen Sie mir, wann ich *ich will* sagen soll, denn ich will“, versicherte ihm Kelli.

Der ältere Mann fuhr sich mit der Hand über den Kopf, das Silbergrau an seinen Schläfen hob sich von seinem dunklen Haar und seiner dunklen Haut ab. „Na dann, gehen wir weiter zu diesem Teil der Vorführung. Wir kümmern uns anschließend um Unterschriften, Zeugen und Papiere. Das ist der ziemlich unwichtige Teil.“

Heiliger Pferdestall. Sie würden das tatsächlich machen. Kellis Finger glitten in die von Luke – leicht kühl, stark und doch sanft.

Malachi räusperte sich. „Wir werden das auf die ganz

einfache Art machen. Luke, hast du irgendwas, was du Kelli sagen möchtest?"

Alles. Er wollte ihr alles sagen, aber die Wahrheit war, dass vor ihnen die Ewigkeit lag. Sie hatten sehr viele Tage, an denen er es ihr immer und immer wieder sagen konnte.

Luke drehte sie zu sich, nahm ihre beiden Hände in seine. „Du bist perfekt für mich. Du bringst mich zum Lachen, und du bringst mich zum Lächeln. Du erweckst in mir ein Wollen – nicht nur körperlich, sondern, ein besserer Mann zu sein. Ich liebe dich, Kelli. Und ich werde sicherstellen, dass du das auch jeden Tag erfährst. Du bist mein Herz."

Kelli blinzelte Tränen weg. „Verdammt. Das ist ein weiterer Grund, warum ich keine richtige Hochzeit wollte. Kannst du dir nur vorstellen, wie ich vor allen stehe, mit der Nase voller Schnodder und verweinten Augen in einem schicken Kleid, in dem nicht mal eine Tasche ist?"

Ein tiefes, grollendes Gelächter schüttelte Malachi durch.

Kelli griff in ihre Jeans und holte ein Taschentuch heraus, wischte sich die Augen ab und sammelte sich wieder. Das Lachen, das Luke erwähnt hatte, stieg in ihm auf. Es wollte schon hervorbrechen, und es gab gar keine Möglichkeit, es zurückzuhalten.

Dann raffte sich Kelli zusammen, und bevor Malachi sie dazu auffordern konnte, begann sie ihre Rede.

„Luke Stone, ich liebe dich. Ich glaube, ich habe dich schon immer geliebt. Und ich kann nicht glauben, dass du in unseren Hochzeitsgelübden von Sex gesprochen hast, aber gleichzeitig *kann* ich es glauben, denn wenn ich ehrlich bin, mag ich diesen Teil des Lebens mit dir. Ich mag auch, dass wir den ganzen Tag reden und immer noch Dinge haben, über die wir am Abend reden möchten. Ich mag, dass wir zusammen arbeiten, und zusammen spielen, einfach das Leben zusammen genießen. Und ich bin froh, dass wir heiraten, denn ich will all das weiterhin mit dir tun, für immer.“

Impulsiv warf sie sich in seine Arme, und er fing sie, erwiderte die Umarmung fest und konnte kaum Luft holen, bevor ihre Lippen auf seinen waren und sie ihn heftig küsste.

„Offizieller muss es gar nicht sein“, sagte Malachi, und Erheiterung grollte in seiner Stimme. „Mr. und Mrs. Stone.“

Luke hörte langsam auf, Kelli zu küssen, hielt sie aber in seinen Armen.

Sie zog sich nur weit genug zurück, um den Vater und ihre Freundinnen schelmisch anzugrinsen. „Sagen Sie es bloß nicht Tansy oder Rose, bevor ich die Gelegenheit bekomme.“

„Würde mir nicht im Traum einfallen“, versicherte ihr Malachi. Er schaute zu Luke und dann zurück zu ihr. „Ich gratuliere. Ich wünsche euch, dass euer Leben mit Liebe und Gelächter erfüllt ist, aber wenn man bedenkt, mit wem ich rede, ist das so ziemlich festgelegt.“

Kelli wand sich, um auf den Boden zu kommen und Malachi fest zu umarmen, bevor sie zurückging und sich an Lukes Seite schmiegte. „Vielen Dank.“

„War mir ein Vergnügen.“

Auf der anderen Seite des Teiches wurde ein lautes Wiehern hörbar. Der wilde Hengst kam auf sie zu, schüttelte seine Mähne, während er seine Anwesenheit deutlich machte. Er senkte kurz den Kopf, dann wieherte er noch einmal, bevor er um seine Herde zog und sie zurück unter die Bäume führte.

Malachi starrte den Wildpferden nach. „Wenn ich glaube, ich hätte schon alles gesehen. Das ist das erste Mal, dass ich eine Herde Pferde als Trauzeugen habe.“

Es war ein perfekter Augenblick. Ein wenig wild, voller Pferde, einfach wie er und Kelli.

Luke wartete, bis Malachi zurück den Weg hinauf ging, bevor er Kelli in die Arme zog und eifrig losmarschierte.

Kelli hielt sich fest, noch während sie ihn angrinste. „Hallo, *Ehemann*. Wo bringst du mich hin?"

Das Brüllen des Wasserfalls wurde lauter, während Luke zurück entlang des Pfades ging. „Ich dachte, ich würde eine kleine private Feier mit meiner Frau abhalten. Gefällt dir dieser Gedanke?"

Sie dachte einen Augenblick nach, bevor sie einmal fest nickte. „Ich habe nicht die Gelegenheit bekommen, es vorher zu sagen, aber jetzt scheint es angemessen. Ich will. Teufel auch, ich will."

Also taten sie es.

Möchtet ihr Lukes und Kellis Geschichte lesen, findet ihr sie in Die Braut des Ranchers, dem dritten Band der Reihe Die Stones von Heart Falls.

OH, BABY!

Ein süßer Welpe, eine Hochzeit und ein Baby. Das war's. Das ist der ganze Klappentext.

Längere Schummelversion:

Lisa und Josiah genießen es sehr, einander zur Gesellschaft zu haben. Er hat seine Arbeit als Tierarzt, sie ist damit beschäftigt, ihren Schwestern und Freundinnen zur Seite zu stehen, wann immer sie gebraucht wird. Und sie haben Ollie, den süßen kleinen Terrier, der einfach nie genug von seinen Lieblingsmenschen bekommt.

Aber als ein Jahr endet und ein neues beginnt, muss Lisa sich fragen, ob sie nicht etwas vermisst. Worauf genau soll sie sich denn jetzt konzentrieren, da ihre erweiterte Familie zur Ruhe gekommen ist und alle ihre Schwestern glücklich sind?

· · ·

Ollie weiß es ...

Zeitleiste: Die Handlung beginnt sofort nach Die verwegene Liebe des Cowgirls.

1

———

Silvester, Heart Falls

Ein kreischendes Lachen erklang auf der hinteren Veranda. Lisa schaute auf, während sie heiße Drinks vorbereitete, um zu sehen, dass ihre jüngste Schwester beide Hände erhoben hatte und um Gnade flehte.

„Ich gebe auf. Ich habe das nicht so gemeint. Ich werde es niemals wieder machen – Zach. *Nein.*" Julia kreischte erneut, diesmal lauter, während ihr Freund – irgendwie auch Ehemann/der Typ, bei dem sie wohnte – sie auf die Schulter hob und im Kreis herumwirbelte.

„Überraschungsangriffe sind ja gut und schön, aber du sollst dich ans *andere* Team anschleichen, du Schabernacksfee", sagte Zach zu ihr, seine Worte von Erheiterung durchdrungen.

Da bemerkte Lisa die Überreste eines Schneeballs, die auf Zachs breiten Schultern verteilt waren und sich in seine braunen Haare mischten. Er hüpfte mehr oder weniger zur Seite der Veranda, während er die ganze Zeit fies vor sich hin lachte.

Julia kreischte wirklich, als er sie über den Rand warf und ihr dann nachsprang, während Schneeexplosionen in den Himmel schossen. Eine Weile vorher hatte Josiah den Traktor genommen, um einen Teil des kürzlich heftigen Schnees zu einem Haufen direkt an der Veranda zusammenzuschieben, um einen sicheren, aber eisigen Platz zum Rutschen für die Familienversammlung am Silvesterabend zu schaffen.

Lisa war so zufrieden, ihre ganzen Schwestern und deren Partner zur letzten feierlichen Versammlung des Jahres willkommen zu heißen. Das versprach eine wunderbare Gelegenheit, mit allen auf den neuesten Stand zu kommen, darunter auch Julia und Zach, die gerade erst von ihrem Kurzurlaub auf Hawaii zurückgekehrt waren.

Noch während Lisa sich mit tiefster Zufriedenheit umschaute, war sie sich darüber im Klaren, dass irgendwas nicht stimmte. Irgendein Problem zerrte an ihren Gedanken …

Sie würde sich morgen darum kümmern. Gerade im Augenblick gab es zu viel Familie und Chaos zu genießen.

Ein weiterer Schneeball segelte an ihr vorbei, traf hart auf das Glas neben der Hintertür.

Lisas älteste Schwester Karen rief lachend: „Verdammt, Finn. Duck dich doch nicht immer. Wenn ich das Fenster zerbreche, reißt mir Lisa den Kopf ab."

Finn Marlette kam wieder um die Ecke, seine normalerweise nicht zu deutende Miene so dicht an einem Grinsen, wie Lisa es überhaupt je gesehen hatte. „Klar, *ma chérie*. Mache es nur deinem Opfer zum Vorwurf, dass es sich bewegt hat."

Im nächsten Augenblick keuchte er, als eine Vielzahl an Schneebällen seine Stirn und seinen Oberkörper trafen. Sie zerbrachen, fielen um ihn herab, als wäre er der Mittelpunkt einer Schneekugel.

„Ich gebe auf." Er hob die Hände. Ein letztes Geschoss explodierte an seiner Brust, und er wandte Lisa einen gespielten finsteren Blick zu. „Hey. Ich habe die weiße Flagge gehisst."

Lisa schob sich den Schnee von ihren Händen, dann griff sie nach dem Tablett mit heißer Schokolade, die mit Pfefferminzschnaps versetzt war, die sie vorbereitet hatte. „Komisch. Ich hätte schwören können, dass ich den geworfen habe, bevor du dich geschlagen gegeben hast. Da muss wohl irgendein Schabernack am Werk sein, der die Zeit verschiebt, direkt hier in meinem Garten."

„Komisch, klar doch." Karen kicherte, während sie sich zur Seite bewegte, um Lisa vorbei zu lassen. „Gut geworfen, Schwester."

„Ach, Dankeschön."

Es dauerte eine Weile, aber schließlich hatten sich alle um die Feuergrube versammelt. Vier Paare fest eingepackt in verschiedene Schichten Kleidung und Decken, trotz der Flammen, die vor ihnen flackerten.

Lisa legte die Finger ein wenig fester um ihre Tasse, lehnte sich an den starken, beruhigenden Oberkörper ihres Lieblingsmenschen auf der ganzen weiten Welt. Ohne zu zögern ließ Josiah Ryder einen Arm um sie gleiten, schmiegte sie dicht an sich, während er auf eine Frage antwortete, die Finn gerade gestellt hatte.

Ihnen gegenüber auf dem gepolsterten Sofa kuschelte sich der cremefarbene Terrier, der sowohl sie als auch Josiah besaß, in eine etwas gemütlichere Lage. Ollie legte ihr Kinn auf Lisas Bein, damit sie mit ihrer üblichen Ergebenheit zu ihnen beiden aufschauen konnte.

Gemütlich. Behaglich. Es war ein Abend voller Familie,

und die Unterhaltung floss zwischen ihnen so locker, dass Lisa darüber nachdachte, wie sehr sich die Dinge im letzten Jahr verändert hatten.

Sie musste zugeben, auch wenn es ein wenig Auf und Ab gegeben hatte, hatte sich alles gelohnt.

Vor einem Jahr hatte sie im Haus ihrer Schwester gelebt, hatte geholfen, sich um ihre Familie zu kümmern, während Tamara mit einer schwierigen Schwangerschaft zu tun gehabt hatte. Nun saß sie gegenüber von Lisa, ihre leuchtend gelbe Brille glitzerte im Feuerlicht, während sie über etwas lachte, das ihr Mann Caleb sagte. Die beiden hielten sich an den Händen, diese einfache Verbindung so groß und solide wie jedes Neonlicht, das erklärte, dass sie zusammen waren.

Karen und Finn saßen rechts von ihr, und Julia und Zach links. Alle vier Frauen aus Whiskey Creek an einem Ort versammelt, der alles andere als Whiskey Creek war.

Man konnte wohl sagen, dass Heart Falls jetzt ihr Zuhause war.

Zach räusperte sich. „Ich will ja die Feierlichkeiten nicht stören, aber ...“

„... aber du machst es trotzdem“, schloss Finn auf seine träge Art. Er wackelte mit dem Finger. „Sag bloß niemals, dass du nicht gerne Mittelpunkt der Aufmerksamkeit bist.“

„Kann ich was dafür, dass ich so denkwürdig und faszinierend bin?“ Zach presste sich eine Hand auf die Brust. „Natürlicher Charme kommt zu einer betonten Bescheidenheit, und daraus wird ein einfach spektakuläres Exemplar.“

Finn gab ein würgendes Geräusch von sich. Neben ihm schlug Karen sanft mit ihrem Handschuh nach ihm, kicherte aber, als das Geplänkel noch ein bisschen weiter ging.

Josiah lehnte sich an Lisas Seite, die Lippen nah an ihrem Ohr. „Die beiden sind zusammen gefährlich.“

„Du freust dich doch nur, dass jemand anders das Drama macht", scherzte sie.

Von ihm kam ein Schnauben, das die Aufmerksamkeit der übrigen Leute auf sich zog.

Josiah grinste unschuldig. „Also, Zach. Was hast du gesagt?"

Der Mann zwinkerte ihm zu. „Julia und ich sind gestern Nacht spät aus Hawaii zurückgekehrt."

„Das erklärt die Bräune", bemerkte Tamara trocken. Sie drehte sich leicht, lehnte sich vor, um direkt mit Julia zu sprechen. „Hast du ihn angestachelt, damit er mal zum Punkt kommt?"

„Wir haben uns scheiden lassen." Julia stieß die Worte hervor, hielt aber eine Hand hoch, als sich verwunderte Fragen einzustellen begannen. „Ist schon okay, denn wir werden heiraten. Ich meine, noch mal heiraten, echt diesmal. Nur diesmal nicht in Vegas, und nicht vom Tequila angetrieben."

Lisas Gedanken wirbelten durch die Aussage, und sie kam zu einem äußerst feinen Schluss. Dass die versehentliche Hochzeit ihrer Schwester wieder abgeblasen war, war was Gutes. „Falls das bedeutet, was ich glaube, dass es bedeutet, dann Glückwunsch."

Zach grinste. „Danke."

Eine Runde guter Wünsche kam auf, und alle erhoben sich, um Umarmungen und so weiter auszuteilen.

Sie waren gerade fertig damit, sich wieder in ihren Sessel niederzulassen, als Zach Julias Finger nahm und ihr einen Kuss auf die Knöchel drückte. „Außerdem hat sie *mich* gefragt, ob ich sie heirate." Sein Grinsen war strahlender als das Feuer, während er sich bei den anderen Typen umschaute, und auf jeden Fall damit prahlte. „Das musstet ihr nur unbedingt erfahren."

Josiah hüstelte leicht und schaute zu Finn.

Finn schaute zu Caleb.

Der solide Cowboy mit dem Herz aus Gold unter der groben Schale lehnte sich auf seinem Balkonstuhl zurück, die Finger wieder in denen von Tamara verschränkt. „Na, das ist ja mal hübsch."

„Schon, oder? Ich denke mir, das ist ein ziemlich großes Zeichen, dass wir hier was ganz Besonderes haben." Das war Angebebertum. Ja, Zach prahlte auf jeden Fall.

Caleb nickte. „Verdammt richtig. Weißt du, als Tamara mir den Antrag gemacht hat, dachte ich mir, das wäre einer der ..."

„Sie hat dir auch den Antrag gemacht?" Zach sah einen Augenblick lang fast enttäuscht aus, bevor er sich wieder erholte. „Das ist toll."

„Karen hat angeboten, mir den Antrag zu machen", setzte Finn ihn in Kenntnis. „Nur für den Fall, dass du das mitschreibst."

„Na, verdammt. Sieht so aus, als würden die Colemans aus Whiskey Creek die Dinge gern nicht so traditionell angehen." Zach war der erste, aber nur wenige Sekunden später hatten sich alle Blicke zu Lisa und Josiah gewandt.

Ach, bloß nicht.

Neben ihr fuhr Ollie hoch, spürte vermutlich Lisas zunehmende Anspannung. Sie strich mit der Hand über den Kopf des Hundes, beruhigte ihn, um das Winseln zu beenden, das eingesetzt hatte.

Lisa starrte betont alle in der Runde an. „Josiah und ich haben die Sache mit der Hochzeit besprochen, sind aber zu dem Schluss gekommen, dass unsere Beziehung keine *Institutionalismisierung* benötigt."

Karen kicherte. „Bitte versprich mir, dass du noch zwei von diesen Drinks zu dir nimmst und das dann wiederholst. Ich will hören, wie du dir die Zunge verknotest."

Es war zu verführerisch, um zu widerstehen – Lisa streckte die erwähnte Zunge vor ihrer ältesten Schwester raus und badete im darauffolgenden Lachen.

Die nächsten paar Stunden saßen sie zusammen, tauschten Geschichten aus. Machten Pläne für das kommende Jahr.

„Für mich wird es in der Tierklinik von Heart Falls weitergehen wie gehabt", bemerkte Josiah. „Danke euch, dass ihr weiterhin meine Dienste in Anspruch nehmt."

„Du bietest Familienrabatt. Das wissen wir zu schätzen", sagte Finn aufrichtig.

„Die Familie wird größer. Ich werde die Hände mit Tyler voll zu tun haben, zusammen mit Sasha und Emma. Es ist Sashas letztes Jahr, bevor sie ein Teenager wird, wenn ihr das glauben könnt." Tamara hob vor Caleb den Blick. „Ich hoffe, dafür bist du bereit."

„Natürlich sind wir das. Außerdem, falls sie irgendwelche Ideen bekommt, vom rechten Pfad abzuweichen, werden wir Kelli auf sie ansetzen." Caleb sagte das, ohne auch nur eine Miene zu verziehen. „Wenn wir sagen, dass Kelli gesagt hat, dass sie sich zusammenreißen muss, wird es sein, als hätte Gott gesprochen."

Karen lachte. „Hoffen wir, dass das weiterhin funktioniert. Aber eure Kinder sind toll", versicherte sie Caleb, bevor sie sich umdrehte, um Finn in die Augen zu schauen. „Wir werden bis zum Frühling die Red Boot Ranch in Betrieb nehmen. Testläufe mit ein paar kleinen Gruppen machen, und dann bis zur Mitte des Sommers den vollen Betrieb aufnehmen."

„Wenn das die Vorarbeiterin so sagt, wird es wohl stimmen." Finn neigte den Kopf. „Sie ist ziemlich clever."

Karen strahlte.

„Ich bleibe als medizinische Beauftragte dort", sagte Julia stolz.

„Ich freue mich darauf, mit dir arbeiten zu können“, erwiderte Karen, die die Frau anlächelte, die während des letzten Jahres überhaupt erst in ihr Leben gekommen war. „Zach, hast du beschlossen, ob du irgendwann bald mit dieser Idee von der Brauerei weitermachst?“

„Ich bin noch bei der Recherche“, gab er zu, bevor er das Kinn in die Richtung seines besten Freundes neigte. „Finn und ich wollen sicherstellen, dass die Red Boot Ranch schwarze Zahlen schreibt, bevor ich mir zu viel vornehme.“

Die ganze Gruppe läutete das neue Jahr ein, Jubel stieg in den Himmel auf, während die Uhr an Mitternacht vorbeiging. Alle wandten sich zu ihrem Partner, um einen Glückskuss auszutauschen, und während Josiah sie an sich zog, war Lisa auf jeden Fall dankbar für alles.

Seine Lippen auf ihren waren warm und doch fordernd. Ablenkung gab es nicht, wenn er ihre volle Aufmerksamkeit wollte. Bis auf ...

Ein aufgeregtes Bellen erklang an ihren Knöcheln, und Josiahs Mund wölbte sich zu einem Lächeln, noch bevor er den Kuss beendet hatte.

Kurz berührte er mit seiner Stirn ihre. „Noch jemand will uns ein frohes neues Jahr wünschen.“

Lisa beugte sich hinab und schnappte sich Ollie, kuschelte den Hund zwischen sich und Josiah. „Ja, du musst auch Teil der Feierlichkeiten sein“, erklärte sie dem kleinen Terrier ernsthaft. „Frohes neues Jahr, Ollie.“

Sie drückte dem Hund einen Kuss auf den Kopf, dann hob sie den Blick zu Josiah.

„Lass deine Schwestern das bloß nicht sehen“, warnte sie Josiah geflüstert.

„Zu spät“, flüsterte Julia im Gegenzug, während sie vorbeiging und Zach mit sich zog.

Nicht viel später gingen alle, unterwegs zu ihren eigenen Häusern. Tamara zu einem neun Monate alten Baby und dem Rest ihrer und Calebs Familie, um die sie sich als Vollzeitmutter kümmerte. Karen war unterwegs zu dem großen Ranchhaus, das sie und Finn renovierten, während sie die Ranch auf Vordermann brachten. Julia und Zach waren die letzten, die gingen, während sie Ideen besprachen, wie sie ein Heim für sich schaffen würden, und außerdem mit ihren Aufgaben für die Red Boot Ranch fertig wurden.

Lisa und Josiah räumten ein paar Sachen auf, bevor sie den Rest für morgen stehen ließen.

„Was hältst du davon, das neue Jahr richtig einzuläuten?", fragte Josiah mit einer Stimme, die tief geworden war, während er sie durch den Gang und zögerlich zum Schlafzimmer drängte, und dabei vermied, Ollie einen Tritt zu geben, die nah an ihren Beinen mitlief.

„Das ist eine wunderbare Idee", sagte Lisa mit großer Begeisterung. Sie legte die Finger an seinen Kragen und lächelte unterwürfig zu ihm auf. „Es ist echt wichtig, mindestens acht Stunden zu schlafen, also sollten wir uns vermutlich direkt in die Federn werfen und gleich einschlafen."

Er brachte ihre Körper aneinander und ließ sie wissen, was genau für eine Aktivität er im Sinn hatte. „Du Schelm."

„Niemals", sagte Lisa leise. „Ich liebe dich. Letztes Jahr, dieses Jahr, und jeden Augenblick in der Zukunft."

Ollie wurde mit einem betonten Befehl zum Bleiben in ihr Bettchen in der Ecke geschickt. Die Agenda danach bestand aus Liebe. Die Nacht war so kurz vor perfekt gewesen, wie es möglich war, von Anfang bis Ende.

Nur als Lisa aufwachte, während die Sonne über das Bett fiel und den ersten Tag des neuen Jahres in etwas Helles und

Leuchtendes verwandelte, war das Problem, dass dieses leise Kitzeln weit hinten in ihren Gedanken sich kristallklar enthüllt hatte.

Alle in ihrer Familie hatten sich Ziele fürs kommende Jahr gesetzt. Jeder hatte eine Aufgabe zu erledigen. Jeder.

Nur sie nicht.

2

1. Februar

Josiah eilte durch die Scheune, unterwegs zurück zum Haus, und Ollie tänzelte um seine Fersen. „Du hast Lisa nichts von der Überraschung gesagt, oder? Natürlich nicht. Du weißt, wie man ein Geheimnis wahrt. Du bist so ein tolles Mädchen."

Er hielt inne, bevor er die Tür öffnete, kniete sich hin und zog ein Hundeleckerli für Ollie heraus. Er kraulte sie hinter den Ohren, während sie es vorsichtig verschlang.

Das Jahr flog vorbei. Durch ein paar unglückliche, zeitaufwendige Katastrophen in der Tierklinik und die Tatsache, dass man sich jetzt mit einer inzwischen äußerst großen erweiterten Familie auf dem Stand halten musste, war es bereits Anfang Februar.

Die Arbeit war außerordentlich geschäftig gewesen. Josiah war so dankbar, dass er kurz vor den Feiertagen eine neue

Tierärztin eingestellt hatte, Yvette. Ein weiteres begabtes Paar Hände zu haben, die die Klinik kannten und bereits viele seiner Kunden getroffen hatten, war überlebenswichtig gewesen, um alles auf Spur zu halten, besonders da seine langjährige Empfangsdame Sharon in den letzten paar Wochen mehr Zeit für sich gebraucht hatte.

Dass Lisa in seiner Welt war, war der süße Zuckerguss auf dem geschäftigen Chaos gewesen. Jeden Morgen zusammen mit ihr aufzuwachen, gab ihm das Gefühl, er hätte in der Lotterie gewonnen. Und da sie für Sharon am Empfangstresen eingesprungen war, hatte er sie noch mehr als sonst üblich jeden Tag sehen und mit ihr reden können.

Der nicht so wunderbare Teil war, dass irgendwas nicht stimmte. Besonders war ihm das in den letzten paar Tagen aufgefallen. Er kam nach Hause, um festzustellen, dass Lisa ins Nichts starrte, obwohl sie sich immer rasch zusammenriss, wenn sie ihn sah.

Er machte sich keine Sorgen, dass zwischen ihnen etwas nicht stimmte. Lisa Coleman liebte ihn mit jedem Atom ihres Körpers, und er wusste das inzwischen bis zu den Zehenspitzen. Sie hatte ihn für die Ewigkeit gewählt. In diesem Bereich hatte er null Zweifel.

Nur dass es Zeiten gab, während er über die Kiesstraßen fuhr, um sie herum nichts als verschneite Felder, da fragte er sich, ob sie den Gedanken vermisste, an wärmere Orte zu reisen. Andere Dinge zu sehen als die vertrauten Ranchhäuser und Meilen von Zaunpfosten, die bis zum Horizont liefen.

Gerade im Augenblick konnte er nichts wegen der Tatsache unternehmen, dass sie im verschneiten Heart Falls feststeckten, ohne die Chance zu haben, ein wenig auf Erkundung zu gehen, aber er konnte etwas tun, um den Aufenthalt zu Hause spannender zu machen.

Zum Glück hatte sie zugestimmt, ein paar Lebensmittel zu

holen, ohne auch nur zu blinzeln, sodass er die Gelegenheit bekam, nach Hause zu fahren und ihre Überraschung in die Wege zu leiten.

Josiah hatte alles geplant, aber im letzten Augenblick, anstatt die Wendeltreppe zum Loft oben im Silo hochzugehen, beschloss er, alles in ihrem Schlafzimmer aufzubauen. Es war ein bisschen näher an der Dusche, falls die Dinge schmutzig wurden.

Er war so ein Idiot, dass der Gedanke daran, sich mit ihr schmutzig zu machen, ihn nur noch breiter grinsen ließ.

Bis die Eingangstür sich öffnete und Ollie auf Lisa zukam, um sie rasch mit einem Hallo anzubellen und so viele Küsse zu bekommen, wie sie sich erschleichen konnte, saß Josiah ganz locker auf dem Sofa im Wohnzimmer und tat so, als würde er die letzte Ausgabe des *Veterinarian Report* lesen.

Lisa sah ihn an. „Hey. Du bist ja vor mir zu Hause."

„Bin ich." Er stand auf und kam, um ihr die Lebensmitteltüten aus den Händen zu nehmen. „Ist noch was draußen?"

„Das war's. Gibt es heute Abend Käsefondue?", fragte sie begeistert. „Muss nicht unbedingt sein, aber irgendwie ist mir aufgefallen, dass du ziemlich viel Zeug, das dazu gehört, auf dieser Liste hattest, ich will das ja nur mal sagen."

Er stand da, die Einkaufstüten hingen von seinen Händen, während er sich vorbeugte und ihre Lippen aufeinanderdrückte, um ihr zu antworteten, kurz bevor sie aufeinandertrafen. „Wir machen heute Abend alle möglichen Dinge."

Der Kuss war süß und perfekt. Ihr Geschmack beruhigte jedes bisschen Sorge, das er gehabt hatte. Als sie sich lösten, zwinkerte er ihr zu. „Lass mich die Sachen wegräumen. Du geh mal und zieh dir was ..."

An der Eingangstür sprang Ollie auf und ab, während sie

laut und begeistert bellte, und spähte aus der Fensterseite in den Hof.

„Ollie. Ruhig", tadelte Lisa und trat zur Tür, um zu sehen, was den Hund so außer sich geraten ließ. „*Heilige* Scheiße."

Nicht gut. Josiah stellte die Einkaufstüten auf den Boden und kam, um sich an Lisas Rücken zu drücken und über ihre Schulter zu schauen. „Wen siehst du denn da draußen so ungern?"

Auf der vorderen Veranda draußen vor der Tür stand ganz bestimmt niemand aus ihrer Familie oder von ihren Freunden. Stattdessen pickte ein riesiger Vogel mit einem irgendwie rechteckigen Kopf und dreieckigem Schnabel an das Glas auf ihrer Augenhöhe.

„Ist das ein Vogelstrauß?", wollte Lisa wissen.

„Ich glaube, ein Emu. Im Augenblick kümmert mich eher das *wie zum Teufel* als das *was zum Teufel*", gab Josiah zu.

„Ist der gefährlich?"

„Sie sind schon fies und gemein. Aber er ist vermutlich eher in Gefahr, zu erfrieren." Josiah schaute auf ihre Füße hinab, wo Ollie ihn mehr oder weniger stolpern ließ, während sie mit den Pfoten an das Sicherheitsglas sprang, immer noch mit hoher Lautstärke und wütender Geschwindigkeit bellte.

„Ollie. Sei still." Lisa wollte den Terrier in die Arme nehmen und fluchte leise, als Ollie sich herauswand und wieder ein Auge auf die Eingangstür haben wollte. „Hör auf, oder ich lass dich fallen."

„Ich sperre sie mal vorerst im Bad ein", schlug Josiah vor und nahm den sich windenden Hund aus Lisas Armen. „Sie versucht, uns vor einer Alien-Invasion zu verteidigen."

Lisa spähte erneut aus dem Fenster. „Emus in Heart Falls. Wow."

„Warum räumst du nicht die Lebensmittel auf und kommst

dann wieder her, und wir sehen, was wir tun können, um unseren Besucher im Zaum zu halten.“

Es war nicht gerade der Anfang des Abends, auf den er gehofft hatte, besonders, da Ollie weitermachte, als wäre das Einzige, was ihre Lieblingsmenschen am Leben hielt, ihr panisches Kläffen, immer und immer wieder.

Letztlich zogen er und Lisa ihre Winterjacken an und gingen nach draußen. Dort arbeiteten sie vorsichtig, um den Emu in eine sichere Ecke der Scheune zu drängen. „Offensichtlich hat jemand vom Ort exotische Haustiere gehalten.“

Lisa starrte in die Box, wo sie das hochgewachsene Tier untergebracht hatten. „Besser als ein Puma, schätze ich – mein Cousin in Rocky hat sich einmal mit dieser Situation herumgeschlagen. Das war furchtbar.“

„Wildtiere als Haustiere sind eines meiner am wenigsten geschätzten Dinge“, stimmte Josiah zu. „Pumas sind schlimm. Der Typ, der eine ganze Horde Erdmännchen hatte, war allerdings sowohl verdreckt als auch gefährlich.“

„Hör doch auf“, keuchte sie.

Er legte einen Arm um sie und führte sie zurück zum Haus. „Posten wir doch schnell mal was, um Informationen über unseren Gast in der örtlichen Tierarzt-Community zu bekommen. Während ich das mache, wie wäre es, wenn du dir was Gemütliches überwirfst, wie ich es erwähnt habe?“

Sie schaute unter gesenkten Wimpern zu ihm auf. „Na, Mr. Ryder. Du scheinst etwas Durchtriebenes im Kopf zu haben.“

„Auf jeden Fall. Ich habe aufs Bett gelegt, was ich möchte, dass du trägst.“

Ihre Pupillen weiteten sich, während sie sich an ihn presste, die Finger am Kragen seines Hemdes hinaufspazieren ließ. „Ist es hübsch? Ist es weich? Was, wenn es mir nicht gefällt? Vielleicht ziehe ich an, was immer ich will."

Ach, wirklich? Jemand hatte wohl Schabernack im Sinn. Josiah legte ihr eine Hand um den Nacken. „Ich hab's mir anders überlegt. Du bleibst einfach hier."

Sie summte glücklich, aus ihren Augen leuchtete ein Interesse an intimen Dingen.

Er konnte es nicht erwarten. Er hatte früher nie ein Problem mit Selbstbeherrschung gehabt, aber es schien, ganz gleich, welche elaborierten Pläne er sich einfallen ließ, eine scheinbar unschuldige Berührung ihrer Lippen an seinen war alles, was nötig war, damit er sie völlig aus den Augen verlor. Er wollte alles in den Wind schießen, außer sich um sie zu legen und sie auf der innigsten Ebene zu verbinden.

Er schob ihr die Finger in die Haare und ballte sie zu einer Faust, die fest genug war, dass er ihren Kopf zurücklegen und ihren Mund vernaschen konnte. Obwohl ... war es Vernaschen, wenn sie genauso begierig war wie er? Lisa knabberte und biss, nahm den Stoff seines Hemdes und riss es aus seiner Jeans.

Verdammt. So viele Ideen, aber neunzig Prozent von ihnen verschwanden, als ihr Geschmack sich in ihn hineinbohrte. Ein aufgeregtes Keuchen und Stöhnen kam von ihren Lippen, während er ihr T-Shirt auszog und mit den Zähnen ihren Nacken bearbeitete. Er öffnete ihren BH, nahm ihre Brüste in die Hände, damit er sich nach unten beugen und fest an den Spitzen saugen konnte.

„*Ja*", hauchte Lisa, bevor sie wimmerte. Sie packte fest seine Schultern, ihre Nägel bohrten sich in seine Haut. Als sie ein Bein hob und ihm ein Knie um die Hüfte legte, waren sie perfekt aneinander ausgerichtet, und er stieß mit seiner Erektion an ihre weiche, süße empfindlichste Stelle. „Das fühlt sich so gut an."

Er hatte Musik aufgelegt, bevor sie nach Hause gekommen

war, und das Lied wechselte zu einem heftigen Rhythmus, der im Takt mit seinem Herzen lag. „Verdammt, Lisa."

Sie wusste genau, worüber er sich beschwerte, denn es war nicht das erste Mal, dass ihre witzigen Spielchen außer Kontrolle gerieten und schneller liefen, als erwartet. „Ich will dich jetzt."

Josiah stöhnte. Ihre Hände waren zwischen ihnen, öffneten seine Gürtelschnalle, suchten nach dem Knopf seiner Jeans. Er hatte nicht vor, sie aufzuhalten. Er wollte ihr immer noch etwas geben. Alles, komplett. „Lisa ..."

Sie wand sich in seinen Armen, zerrte an ihrer eigenen Jeans. Einen Augenblick später presste sich ihr nackter Arsch an ihn, sodass sein steifer Schwanz an ihrer erhitzten Haut saß. „Fick mich."

Gottverdammt. Die Pläne, die er gemacht hatte, konnten warten. Er ließ eine Hand über ihrem Bauch gleiten, die Finger legten sich über ihren Venushügel. Hielten sie. Kontrollierten sie, während er die Hüften ausrichtete, bis sein Schwanz zwischen ihren Oberschenkeln lag. „Du bist heute Abend ein bisschen frech. Das gefällt mir. Nur dass du nicht sonderlich konkret warst."

Ihre Oberschenkel spannten sich fest um seinen Schwanz an, und er ging über ihre erhitzte Haut vor und zurück, was reichte, um seinen Körper zum Summen zu bringen. Es verschaffte ihm Zeit, mit den Fingern durch ihre Schamlippen zu fahren, und den Eingang zu ihrem Geschlecht zu liebkosen.

In den letzten paar Monaten hatten sie eine Menge experimentiert und herausgefunden, was sie jeweils wirklich heiß machte. Lisa konnte richtig heftig und schnell kommen, wenn er mit ihrer Pussy spielte, wenn er es richtig anstellte.

Sie bebte, griff mit der Hand nach hinten, um ihn an der Hüfte zu nehmen. „Josiah. Ich will deinen Schwanz."

„Erst das." Er ließ die Finger in ihr Geschlecht gleiten, der

Daumen lag auf ihrer Klitoris. Er bewegte sich langsam, neckte sie mit einem leichten Pulsieren. Rieb die Finger über die süße Stelle gleich hinter ihren Schamlippen.

Lisas Kopf fiel zurück auf seine Schulter, ihre Beine bebten. „Ja. Oh, *jaaaa.*"

Hitze legte sich um sie. Seine andere Hand presste Josiah zwischen ihre Brüste, ihre Oberkörper eng beieinander. Er trug immer noch sein Hemd, die offenen Enden flatterten zwischen ihnen. Sie beide hatten ihre Jeans an den Knöcheln.

„Gleich", warnte sie.

Ein lautes Heulen erklang aus dem Bad. Ollie, die sich beschwerte, dass sie so gemein verlassen worden war.

Josiah schloss die Augen und konzentrierte sich, nahm Lisas Brust und kniff sie in den Nippel, weil er hoffte, das würde ihr geben, was sie brauchte, um das letzte bisschen …

Sie stöhnte. Keuchte. Sagte seinen Namen, die Vokale bebten auf ihren Lippen, während ihre Hüfte an seinen Fingern pulsierte. Bevor er damit fertig war, ihr zu helfen, die Nachwehen zu genießen, drehte sie sich wieder, lehnte sich zurück an die Wand. Mit den Händen zu beiden Seiten ihrer Hüften an die Wand gestützt, starrte sie seinen steifen Schwanz an.

„Mach fertig."

Er war nur Sekunden genau davon entfernt. Bis er ein Kondom gefunden hatte, würde dieser Augenblick vorbei sein, darum legte er die Finger um sich und pumpte. Schaute ihr in die Augen, dann ließ er seinen Blick über ihre Brüste, die von seinen Händen gezeichnet waren, seinen Bartstoppeln, weiter nach unten wandern.

„So sexy", sagte Lisa, die mit den Fingern über ihren Bauch hinab glitt und anfing, erneut ihre Klitoris zu streicheln.

„Zeig es mir", verlangte Josiah.

Sie öffnete ihre Schamlippen und ließ ihn ihre Klitoris aus

der Haut hervorspitzen sehen, die ganz geschwollen und gerötet von ihrem Orgasmus war, glitzernd vor Feuchtigkeit. Ihre langen Finger waren feucht, als sie sich streichelte.

„Scheiße." Er kam, lange Spritzer schossen über den Abstand zwischen ihnen. Sein Ejakulat landete in weißen Streifen über ihrem Bauch, auf den Locken auf ihrem Venushügel und ihren Fingern. In seinem Kopf drehte sich alles, und noch während sie die Finger immer wieder hineinstieß, stöhnte er ihren Namen. Die letzten Reste der Lust wurden von seinem Körper gerissen.

Josiah fiel fast auf die Knie, weil er nicht mehr stehen konnte. Er presste ihr die Hände auf die Haut und verschmierte spielerisch die Feuchtigkeit überall auf ihr.

„Meins", knurrte er.

Lisas Bauch bebte unter seinen Fingern, während sie lachte. „Das war großartig."

Er schaute auf, die Liebe in ihren Augen strahlte deutlich heraus. „Danke, dass du dich von mir im vorderen Gang hast vernaschen lassen. Das war nicht der Plan für diesen Abend. Nur dass das weißt."

Sie schob ihm die Finger unter das Kinn und schaute ihn direkt an. „Das ist gut. Das heißt, wir haben immer noch was, auf das wir uns heute Abend freuen können."

„Ich liebe dich." Die Worte nicht zu sagen, wäre gewesen, als hätte er nicht geatmet.

Ihr Lächeln wurde unmöglich strahlend. „Ich liebe dich auch."

Ollie heulte vor lauter Frust.

„Und sie liebt uns, nur dass sie gern direkt hier neben uns wäre, um es uns persönlich mitzuteilen", übersetzte Josiah für Lisa.

„Klar, natürlich." Lisa stieg aus ihrer Jeans und dem Höschen und wartete, bis er es genauso gemacht hatte. Sie stapelte die ganzen Klamotten in seine Arme. „Hier. Ich gehe und rette Ollie. Sobald sie in ihrem Hundebett liegt, komme ich zu dir in die Dusche."

Es war eine fantastische Idee.

Es war ein fantastischer Abend.

Am nächsten Morgen lächelte Lisa noch. Ihr Fondue und der Massagesalon, den er in ihrem Schlafzimmer aufgebaut hatte, hatten sie beide enorm zufriedengestellt.

Sie schenkte seinen Kaffee nach, bevor sie sich neben ihn im Sessel niederließ. „Hast du irgendwelche Hinweise auf unseren exotischen Besuch erhalten?"

„Es wurde noch nichts gepostet, aber es ist so früh, dass sicher noch nicht alle nachgesehen haben. Sobald wir am Montag ins Büro kommen, werden wir etwas recherchieren, falls ich vorher nichts höre." Er schaute zu ihr. „Du vertrittst diese Woche immer noch Sharon, oder?"

„Sie hat eine E-Mail geschickt, in der steht, dass sie bereit ist, am *nächsten* Montag zurückzukommen. Was bedeutet, ja, falls du irgendwelchen Schabernack im Büro genießen willst, Dr. Ryder, ist diese Woche deine letzte Chance." Lisa wackelte mit den Augenbrauen.

„Es war schön, mit dir zu arbeiten", sagte Josiah aufrichtig. „Ich weiß, Bürojobs sind nicht so dein Ding. Danke, dass du ausgeholfen hast."

Sie rümpfte kurz die Nase, noch während sie nickte. „Kein Problem."

Da war es. Alles an ihrem Tonfall bis hin zur Veränderung, wie sie da saß, besagte, dass es ein Problem gab. Er beugte sich näher heran. „Lisa? Süße, was ist los?"

Sie blinzelte. „Nichts."

Das war auch sehr deutlich die Wahrheit. Das bedeutete, dass Josiah jetzt ehrlich verwirrt war.

Ollie kam herüberspaziert, legte das Kinn auf sein Knie. Er

schaute hinab auf den Hund. „Mir fällt es echt schwer, diesen Patienten richtig zu deuten", sagte er, als würde er sich mit Ollie beraten. „Ich habe so ein Gefühl, dass sie nicht mal selbst wissen könnte, was nicht stimmt."

Lisa schnaubte, und er schaute gerade rechtzeitig auf, um zu sehen, wie sie heftigst die Augen verdrehte. „Bitte. Ich bin doch keins deiner Scheunentiere, mit denen du diesen Tierflüsterer geben kannst."

„Dann wäre es aber einfacher", beschwerte sich Josiah gespielt. „Kleine, es scheint, als hättest du was auf dem Herzen. Was nichts Schlimmes ist, und ich verlange nicht, dass du redest, wenn du nicht bereit bist, aber wenn du es bist, *falls* du es bist, bin ich da."

Ihr Kopf legte sich zur Seite, und sie lächelte ihn mit einer ganz anderen Miene an. Einer der völligen Bewunderung.

Es ähnelte erheblich einer Miene, die Ollie oft aufhatte, aber das würde Josiah Lisa nicht sagen.

Sie nickte langsam, als würde sie darüber nachdenken. „Es ist eher schon eine komische Erkenntnis, als dass was los wäre."

Josiah lehnte sich in seinem Sessel zurück und bedeutete ihr, dass sie weiterreden sollte. „Erkenntnisse können gut sein."

„Das können sie."

„Und was hast du herausgefunden?", wollte Josiah wissen.

„In einer Woche werde ich arbeitslos sein", sagte Lisa. „Und dass ich darüber nachgedacht habe, hat mich daran erinnert, dass ich im Grunde noch nie in meinem Leben einen Job hatte."

3

———

*D*er Ausdruck auf Josiahs Gesicht brachte Lisa zum Kichern.

Er blinzelte heftig, als würde er verstehen wollen, was sie ihm gerade vor die Füße geworfen hatte. „Das stimmt doch nicht."

„Das stimmt total", behauptete sie. „Ich bin doch deswegen gar nicht albern. Ich behaupte nicht, dass ich niemals *gearbeitet* habe. Aber die Wahrheit ist eben, als ich angefangen habe, über alles nachzudenken, was ich im Lauf der Jahre getan habe, ist es einfach alles nur so passiert. Ich habe niemals ein Bewerbungsgespräch geführt. Ich habe mich niemals auf einen Job beworben. Ich hatte niemals eine *Stellenbeschreibung*."

„Du bist ein Cowgirl", sagte Josiah sofort, was wirklich süß war, aber nicht das Argument, das sie bringen wollte.

„Ich habe einen Traktor gefahren, und ich habe schon ein Feld gepflügt. Ich habe auch geholfen, ein Pferd zu beschlagen, Ferkel zu impfen und viel zu viele Kälber auf die Welt zu bringen. Wie viel davon hast du gemacht?" Sie lehnte sich zurück und verschränkte die Arme vor der Brust. „Alles, möchte ich meinen. Denn du bist Dr. Ryder. Tierarzt, der sich für die Uni beworben hat und dann hingegangen ist, um diesen Titel auch tragen zu dürfen."

Josiah kniff die Augen zusammen. „Ich höre zu, aber mir ist nicht ganz klar, was du das sagst."

Lisa wedelte mit der Hand in der Luft. „Deshalb habe ich es vermutlich auch nie erwähnt. Ich bin nicht mal ganz sicher, worüber ich mich beschwere. Oder ob es eine Beschwerde ist." Sie hatte Mühe, auszudrücken, was in ihrem Inneren vorging. „Weißt du, wenn man sich zum ersten Mal mit einer Gruppe Leute trifft? Reihum stellt sich dann jeder vor."

Diesmal nickte er entschieden.

Sie lächelte ihn sanft an. „Sie sagen ihre Namen, und wo sie herkommen, und was sie machen."

„Oh." Josiah runzelte die Stirn. Seine Miene verlagerte sich auf Sorge. „Du musst nicht bei der Klinik einspringen, wenn du das nicht willst."

„Ach, darum geht es doch gar nicht", versicherte ihm Lisa. Sie ließ ihre Tasse auf dem Tisch stehen und kam näher, bis sie seine Kaffeetasse ebenfalls stehlen und dann den Platz auf seinem Schoß einnehmen konnte. Sie drückte ihn, hielt sich fest, während er die Arme um sie legte.

Er war ihr Fels. Hier war es ihr bestimmt, zu sein.

Sie war nicht mal sicher, wo dieses unruhige Gefühl hergekommen war, oder diese unklaren Gedanken.

Sie wandte den Kopf und drückte ihm die Lippen auf die Wange. „Nichts ist los", wiederholte sie, bevor sie sich aufrichtete, um ihm eine Hand an die Wange zu legen. „Stell es dir vor wie eine geistige Herausforderung, die ich lösen muss. Ich weiß, dass ich wertgeschätzt werde. Ich bin sehr glücklich, dass ich aushelfen und in der Klinik einspringen konnte, als Sharon sich um ihre kranke Mom kümmern musste. Ich habe nur zu gerne Tamara geholfen, als sie schwanger war

– sich um die Familie zu kümmern und Zeit mit Sasha und Emma zu verbringen, hat mir die Gelegenheit verschafft, einige tolle Erinnerungen zu schaffen. Das hätte ich um nichts in der Welt aufgegeben.“

Josiah schaute weiterhin nachdenklich drein. „Aber du hast recht. Du hast ihr geholfen, und dann Sonora mit dem Tierheim. Dann bist du zu mir gezogen, und seither hast du ...“ Lisa konnte mehr oder weniger sehen, wie sich die Rädchen in seinem Verstand drehten, bevor seine Augen groß wurden. „Du bist von einem Ort zum nächsten gezogen, von einer Schwester oder Freundin zur nächsten, hast allen unterwegs geholfen, ohne auch nur jemals nach einer Bezahlung oder Lohn zu fragen. Du bist umwerfend.“

Ihr entwich ein Lachen. „Ich liebe dich. Ich habe nicht nach Komplimenten geangelt, und das meine ich auch so. Obwohl es schon schrecklich schön ist, welche zu kriegen.“

„Ich kann nicht glauben, dass mir das nie aufgefallen ist.“ Er schob ihr seine Finger unters Kinn und hob ihr Gesicht zu seinem. „Ich schätze, ich bin schuld, dass ich dich nicht ermutigt habe, dir einen richtigen Job zu suchen. Ich habe dich gern so viel wie möglich bei mir. Ich mag es, dass ich mich um dich kümmern kann.“

„Die Tatsache, dass du genügend Geld aus deiner Stiftung hast, hat schon einen Unterschied gemacht“, gab Lisa zu.

Dass man sich keine Sorgen machen musste, wie man die Rechnungen bezahlte, war eine herrliche Freiheit, und sie wusste genau, wie privilegiert sie dadurch war. Das machte es besonders nervig, dass ihr Gehirn sich beschwerte.

„Wie ich schon sagte, das ist nichts Schlimmes, aber es ist etwas, das mir auf dem Gemüt liegt, seit das Jahr angefangen hat. Ich muss rauskriegen, was genau ich für eine Stellenbeschreibung möchte, damit ich mich fühle, als hätte ich erreicht, dass ...“

Sie stutzte. Verdammt – sie wollte sich ja nicht selbst den Lorbeerkranz aufsetzen, aber sie hatte im Lauf der Jahre tierisch viel erreicht, und zwar regelmäßig.

Lisa schüttelte den Kopf, aber sie zwinkerte ihm zu. „Das ist nicht mal das echte Problem, darum sollte ich vermutlich einfach die Klappe halten und ein wenig mehr drüber nachdenken."

Josiah küsste sie, sanft und süß. „Wenn du jemanden brauchst, um Ideen auszutauschen, bin ich da. Und wenn du einfach nur jemandem brauchst, der dir sagt, dass du toll ist, bin ich auch dabei völlig mit an Bord."

„Du bist ein liebenswerter Mann", flüsterte sie.

Sie wollte ihm im Gegenzug einen Kuss geben, als Ollie loslegte wie ein Alarmsystem. Das ungezogene kleine Tier rannte zwischen der Stelle, wo Lisa und Josiah saßen, und der Eingangstür hin und her und kläffte mit hoher Lautstärke.

„Ollie", sagten sie beide streng.

Lisa stand auf, unterwegs zur Tür. „Noch mehr Emus?"

Sie ging vorsichtig um Ollie herum, die vor Aufregung fast den Verstand verlor.

Josiah konnte als Erster einen Blick aus dem Eingangsfenster werfen. „Oh, Teufel auch. Halt dich fern von der Tür", befahl er. Er eilte den Gang entlang zu seinem Büro, rief über die Schulter: „Das ist ein Karibu. Öffne die Tür nicht, bis ich das Gewehr habe."

Sie starrte ihm nach, bevor sie ihre Aufmerksamkeit dem riesigen Tier zuwandte, das direkt zu ihren Eingangsstufen unterwegs war. „Du willst es erschießen? Was zum Teufel macht ein Karibu in unserem Hof? Wo kommen diese Tiere her?"

Abermals bewegte sich Lisa, um die bellende Furie zu bändigen, die ihr Haustier war. Diesmal setzte sie sich hin und zog Ollie ihr Geschirr an, damit sie etwas Konkretes zum

Greifen hatte, wenn der Hund versuchte, sich aus dem Griff zu winden.

Der Hund wollte niemanden verletzen, aber er war auf jeden Fall außer sich und bellte immer noch verzweifelt.

Josiah kam zurück, das Gewehr in der Hand. „Ich habe nicht vor, es zu erschießen, außer ich muss", sagte er zu Lisa. „Aber das ist ein weibliches Karibu, und mit dem Geweih auf ihrem Kopf kann man nicht sicher sein, ob sie nicht doch jemanden verletzt, falls sie beschließt, anzugreifen."

Lisa nahm die Waffe, als er sie ihr hinhielt, und wartete, bis er seine dicke Winterjacke anhatte. „Die Weibchen haben das Geweih? Das wusste ich nicht."

„Beide haben ein Geweih, aber die Männchen werfen sie im Herbst nach der Paarungszeit ab. Die Weibchen behalten sie, damit sie um Nahrung kämpfen können, um sicherzustellen, dass ihre Babys wachsen, um zu überleben, nachdem sie im Frühling geboren werden."

„Süß", sagte Lisa. „Dann sind sie die Amazonen unter den Huftieren."

Wie sie sich erhofft hatte, kicherte der Veterinär. „Irgendwas in der Art. Halt Ollie fest, machst du das?"

Sie drückte ihm den Arm mit der freien Hand, während er ihr die Waffe abnahm. „Pass auf, mein mutiger Ritter."

Er warf ihr ein Grinsen zu, das besagte, er wäre mehr als nur bisschen stolz, weil sie ihn so genannt hatte, sogar nur nebenbei.

Ollie beruhigte sich erst, als Lisa sie wieder in das hintere Schlafzimmer brachte und sie sicher hinter der Tür zurückließ, damit sie sich selbst eine Jacke holen und vorsichtig nach draußen gehen konnte, um zu sehen, was geschah.

Josiah kam bereits zurück zum Haus.

Er winkte sie herüber. „Es gibt eine ganze Herde. Ich habe unsere Besucherin überzeugt, zu ihrer Familie zurückzukehren. Sobald sie sich ihnen angeschlossen hatte, brach die Herde mit hoher Geschwindigkeit nach Süden ins Kronland auf."

Lisa spähte zurück in die Richtung, in die er zeigte. „In diesem Teil der Welt haben wir normalerweise keine Karibus, oder?"

Er schüttelte den Kopf. „Ich glaube nicht, dass das wie bei dem Emu war. Auf gar keinen Fall hält jemand eine ganze Herde Karibus als Haustiere."

„Na ja, irgendjemand muss doch wissen, woher sie kommen."

„Wir spüren sie früher oder später auf." Er nahm sie an der Hand. „Nun, da es sicher ist, willst du mit mir einen Spaziergang machen, Ms. Coleman?"

„Nur zu gerne, Mr. Ryder." Sie schmiegte sich an seine Seite, legte den Arm um seinen Ellbogen. „Ich liebe Vormittage wie diesen. Frisch und kühl. Jeder Atemzug schmeckt, als hätte man sich gerade einen Energy-Shot reingezogen, der direkt in die Venen läuft."

Er schaute sich um. „Wo ist Ollie?"

„Ich hab sie eingesperrt", gab Lisa zu. „Ich hatte nicht das Gefühl, dass es sicher ist, dass sie rumläuft, um uns zu verteidigen, wenn Tiere mit Rammböcken auf dem Kopf unterwegs sind."

„Gute Idee. Ich bringe das Gewehr weg und hole sie. Wir können einen schönen langen Spaziergang machen. Das wird dir auch gefallen."

Eine Stunde später hatte Lisa alle Ärgernisse weggeschoben, die sie nervten. Was spielte es schon für eine Rolle, dass sie niemals einen offiziellen Job gehabt hatte? Sie hatte einen tollen Typen, und sie hatte ein Haustier, das sie vergötterte.

Oder vielleicht war es der Typ, der sie vergötterte, dachte

sie mit einem Kichern, und schaute auf, um festzustellen, dass Josiah sie einmal mehr betrachtete.

„Wenn du mich weiter so ansiehst, wird dieser Spaziergang sehr schnell auf ein falsches Gleis geraten", warnte sie ihn.

„Du sagst das, als wäre es was Schlechtes", murmelte Josiah.

Dass sie den Tag frei hatten, bedeutete nicht nur, dass sie einen gemütlichen Winterspaziergang genossen, sondern auch eine Gelegenheit, ein paar andere Sachen zu erledigen, die Lisa machen wollte. Nach dem Mittagessen mit Josiah fuhr sie rüber zu Karen, um eine Schachtel Fotos abzuholen, die die Whiskey-Creek-Mädchen versprochen hatten, durchzusehen. Zusammen mussten sie für ein gemeinsames Projekt des Coleman-Clans Materialien finden und ein paar Geschichten aufschreiben.

Diese Aufgabe war etwas, das sich die Verwandtschaft in Rocky Mountain House hatten einfallen lassen. Lisa half gerne, aber es war irgendwie schön, dass sie zum ersten Mal in aller Ewigkeit nicht versuchte, hinter den Kulissen zu arbeiten, um zu koordinieren, was los war.

Was bedeutete, dass sie Zeit hatte, eine eigene Idee zu verfolgen. Unter der Benutzung der etwas älteren Vorgeschichte, die sie mit den meisten ihrer Cousins und Cousinen teilte, stellte Lisa ein kleines Büchlein für Julia zusammen. Eine Gelegenheit, dass ihre jüngste Schwester mehr darüber herausfand, woher sie kam.

Lisa lachte vor sich hin. Noch während sie sich aus der Koordination des Hauptereignisses heraushielt, organisierte sie trotzdem noch etwas. Es war schwer, sich zu ändern.

Sie klopfte an der Tür und ging hinein. „Karen?"

Keine Antwort. Sie schaute auf ihr Handy, um eine Nachricht zu finden.

Karen: Tut mir leid. Ich musste rüber zu Tamara und was abholen. Mach es dir gemütlich. Ich komme gleich zurück.

Lisa machte sich nicht die Mühe, etwas zu erwidern. Sie nahm ihre Schwester beim Wort, und nachdem sie in ihrem Kühlschrank gewühlt und sich etwas Eistee genommen hatte, setzte sie sich auf das Sofa, wo nebenan der halbe Inhalt einer Kiste bereits auf dem Beistelltisch ausgebreitet lag.

Ollie sprang neben ihr rauf, sofort gefolgt von dem süßen weißen Kätzchen, das Dandelion Fluff hieß. Dandy und Ollie berührten sich mit der Nase, bevor Dandy sich direkt auf Lisas Schoß begab. Er streckte sich dort kurz, seine rosa Nase bebte.

Lisa strich ihm mit zwei Fingern über den Nacken. „Na, du bist heute aber verschmust?"

Dandy legte sich direkt oben auf ihren Bauch, ein kleines, rundes Bündel aus Flausch. Einen Augenblick später hatte sich Ollie angekuschelt, den Körper über Lisas Oberschenkel drapiert, damit sie mit dem Kinn auf dem Rücken der Katze liegen konnte, und nur noch hin und wieder ein Auge öffnete, um sicherzustellen, dass ihr Mensch nirgendwohin ging.

Lisa kicherte, als sie feststellte, dass sie gefangen war. Der Beistelltisch war nicht mal einen Meter entfernt, aber auf gar keinen Fall konnte sie sich etwas nehmen, ohne die äußerst entspannten Tiere auf ihrem Schoß zu stören.

„Na, ich schätze, so kann man auch mal etwas Ruhezeit kriegen." Lisa legte den Kopf auf die Rückseite der Couch und holte tief Luft. Die friedliche Stille von Karens Haus umgab sie, mit nichts als einer Standuhr, die irgendwo im Hintergrund tickte.

Unglaublich, aber wahr, war sie wohl eingeschlafen, denn als nächstes legte Olli wieder los. Für einen gut erzogenen kleinen Hund hatte das Tier plötzlich entschieden, seine

Stimmbänder sehr viel öfter zu nutzen, als Lisa es für angemessen hielt.

Ollies Bellen ging direkt neben Lisas Ohr los. Die Katze sprang hoch, von ihr kam ein genervtes Heulen. Sie landete auf dem Boden, schoss zur Seite des Raums, während Ollie ebenfalls von der Couch sprang, direkt zur Eingangstür unterwegs, wo Karen stand.

„Ollie. Sei still." Lisa versuchte, sich wach zu blinzeln.

Karen schaute den bellenden Hund finster an, als hätte sie festgestellt, dass da ein Häufchen zu ihren Füßen lag, und nicht ein Häufchen Hund. „Immer mal wieder fällt mir ein, warum ich eigentlich keine Tiere im Haus mag."

„Ach, hör auf", sagte Lisa lachend, kam rasch durch den Raum. In dem Augenblick, in dem sie Ollie hochnahm, hörte der Hund mit seiner nervigen neuen Angewohnheit auf. „Ich habe keine Ahnung, was in sie gefahren ist."

Dandy saß oben auf dem nächsten Bücherregal, und er fauchte genervt über den ganzen Lärm und Krawall.

Karen kicherte. „Na, offensichtlich steht das ganze Tierreich neben sich. Komm schon, wir holen uns was Leckeres und überzeugen sie, uns wieder zu mögen."

Die Tiere ließen sich nieder, und Lisa genoss die Zeit mit ihrer Schwester. Die Entspannung hielt sich den ganzen Weg nach Hause, oder zumindest, bis sie die Eingangstür aufmachte und Ollie hineinlief, um sofort wieder mit dem Bellen zu beginnen.

„Du Bestie. Hör auf." Lisa folgte ihr, um feststellen, dass Josiah auf einem Bein balancierte, während er mit dem Schuhlöffel arbeitete. „Hey. Bist du gerade erst heimgekommen?"

Er nickte, schnippte mit den Fingern in Ollies Richtung und deutete auf den Boden. „Sitz."

Ollie setzte sich sofort hin, aber sie kläffte ihn immer noch an.

Josiah knurrte genervt. „Verdammt. Ich war draußen beim Emu. Vermutlich riecht sie den an mir."

„Geh duschen", schlug Lisa vor und hielt Ollie fest, bis Josiah beide Füße in den Socken fest auf dem Boden gestellt hatte.

„Komm mit mir." Josiahs blaue Augen funkelten.

Das schien in jeglicher Hinsicht eine fantastische Idee zu sein. Lisa grinste ihn an. „Gib mir fünf Minuten. Ollie ist zu dieser Party nicht eingeladen."

„Armer Hund."

„Konsequenzen", erwiderte Lisa trocken.

„Ja. Und es gibt eine Belohnung für gutes Benehmen." Sein Grinsen wurde breiter. „Ich gehe und wärme schon mal das Wasser vor. Brauch nicht zu lang."

4

———

Josiah betrat das Tierarztbüro, hochzufrieden, eine Lösung für eines ihrer neuesten Rätsel anzubieten. „Weißt du, wir hatten Glück, dass wir nur Emus und Karibus im Hof hatten."

Bevor Lisa von ihrem Schreibtisch aufsehen konnte, sprintete Ollie hinter dem Tresen hervor, die Zähne gefletscht und die Nackenhaare gesträubt. Sie bellte nicht, war aber auf jeden Fall nicht glücklich, ihn zu sehen.

Das ungewöhnliche Verhalten ihres Tieres wurde vehementer und beunruhigender.

„Es gibt noch was Schlimmeres?" Lisa stand auf, führte ihn zurück zu dem, was er ihr hatte mitteilen wollen.

„Auf einer Zuchtfarm, die der Calgary Zoo bei De Winton betreibt, sind ein paar Zäune umgekippt. Letzte Woche gab es eine Massenflucht, darunter Emus und Karibus. Wir haben immerhin nicht die Schreikraniche bekommen."

„Das ist ja echt witzig. Ich freue mich, dass wir helfen können, zumindest einen sicher nach Hause zu bringen." Lisa kam zu ihm, die Arme zu einer Umarmung geöffnet.

Ollie trat zwischen sie, senkte den Kopf und knurrte.

Josiah hielt sofort inne.

„Ist sie schon den ganzen Vormittag so?"

Lisa seufzte, während sie an Ollies Halsband eine Leine anbrachte und sie zurück hinter den Schreibtisch führte. Das kleine Tier stemmte die Beine in den Boden und wehrte sich, als müsse sie dieses Fleckchen Erde verteidigen.

„Schon irgendwie? Sie hat aufgehört zu bellen, knurrt aber jetzt jeden an, der in ihre Nähe kommt." Lisas Miene wurde besorgter. „Aber ja, irgendwas ist faul. Das ist doch nicht sie."

Er schaute Lisa direkt an. „Lass sie mich mal untersuchen. Vielleicht brütet sie irgendwas aus. Du hast recht, das ist nicht sie, und falls es irgendwas gibt, was wir tun können, damit sie sich nicht so aufregt, sollten wir es tun."

Lisa hakte die Leine an der Wand ein, sodass Olli sicher in dem eineinhalb Meter Radius um den Empfangstresen blieb. Dann stieg sie heraus, um Josiah zu umarmen. „Das Büro ist den Rest des Tages über geschlossen. Willst du, dass ich bei der Untersuchung helfe, oder macht es dir was aus, wenn ich rüber fahre zu Tamara?"

Er lehnte seine Stirn an ihre. „Es ist vermutlich leichter, wenn ich die Untersuchung allein durchführe. Wenn nur ein Mensch sie anfasst und an ihr herumstochert, regt sich Ollie vielleicht nicht so auf. Willst du, dass ich was zum Abendessen mitbringe? Da du den ganzen Tag in meinem Büro geschuftet hast?"

Sie rümpfte die Nase und dachte nach. „Klar. Aber was immer du willst. Ich bin nicht wirklich hungrig."

Er gab ihr einen Kuss und ignorierte das Grollen, das von der Ecke aufstieg, in der die besagte Ollie immer noch ziemlich angepisst über irgendwas war.

Lisa schnappte sich ihre Handtasche und ging raus.

Josiah wartete, bis die Tür sich geschlossen hatte, und

sperrte hinter ihr ab, bevor er sich langsam Ollie näherte. „Hey, Süße. Was ist denn mit dir los? Fühlst du dich nicht gut?"

Er ging ein paar Meter entfernt in die Hocke, schaute sich den kleinen Terrier mit sehr viel mehr Sorge an, als er Lisa vorhin hatte zeigen wollen. Wenn ein Tier seinen Charakter so plötzlich veränderte und es keinen guten Grund gab, bedeutete das normalerweise Schwierigkeiten.

Ollie neigte den Kopf und musterte Josiah. Mit den Pfoten nach vorne gestreckt, erhob sie sich, und ihr kleiner Schwanz begann zu wedeln. Langsam erst, und dann so fest, dass der ganze Körper vibrierte.

Das war schon typischer.

Josiah hielt die Finger vor. Ollie schnüffelte daran und leckte sie. Sie vibrierte inzwischen so stark, dass sie gleich abheben würde.

„Du albernes Vieh." Josiah löste die Leine und führte sie in den Untersuchungsraum. Er konnte auch gleich eine vollständige Untersuchung durchführen, um herauszufinden, ob etwas nicht stimmte.

Es war, als hätte er zwei Hunde. Einen, ihre übliche Ollie, süß und liebenswert. Das Tier, das sich von ihm untersuchen ließ – darunter auch mit einer Blutprobe – ohne jemals zu bellen oder Empörung zu zeigen.

Das andere? War der kleine Schrecken, der sich in dem Augenblick zeigte, als sie zurück durch die Tür nach Hause gingen.

Ollie hatte auf der Rückfahrt zur Ranch geschlafen, das Kinn auf Josiahs Oberschenkel. Jetzt, fünf Schritte weit im Haus, wirbelte sie wieder herum und knurrte ihn mit gefletschten Zähnen an.

„War irgendwas?", fragte Lisa von ihrem Platz im Eingang der Küche aus.

„Ich habe die Blutproben zum Testen für morgen

hingestellt, aber soweit ich das beurteilen kann, geht es ihr vollkommen gut."

„Okay. Wenn sie so weitermacht, wird sie sich daran gewöhnen müssen, mehr Zeit im Hundehaus zu verbringen." Lisa wirkte davon nicht begeistert, aber sie zuckte die Schultern. „Auch bekannt als das Gästebad. Hast du was zum Essen dabei?"

Er hob eine Tasche hoch. „Der mächtige Jäger ist zurück."

Aber noch während sie sich zum Essen und dem Rest des Abends hinsetzten, fragte sich Josiah weiter, was los war, und hoffte intensiv, dass die Testergebnisse ihnen helfen würden, etwas zu finden, das sie unternehmen konnten.

Ollie gehörte zur Familie, und dass sie so neben sich stand? Das bedeutete, in ihrer Welt stimmte etwas nicht.

Lisas letzter Tag in der Tierklinik war erledigt und vorbei.

Sie gab nur ungern zu, dass sie froh war. Vielleicht war die Vollzeitarbeit etwas, das sie sich angewöhnen konnte. Sie konnte sich nicht erinnern, dass sie irgendeine Arbeit jemals so ermüdet hatte, nicht mal, während sie ihre Nichten rund um die Uhr betreut hatte.

Irgendwas brütete sie auf jeden Fall aus. Sie glaubte nicht, dass sie eine Erkältung hatte, aber sie konnte auch nicht ganz greifen, was ihr genau fehlte. Vielleicht hatte sie es mit einem Faulheitsangriff zu tun, denn das letzte, was sie wollte, war, aus dem Bett zu steigen.

Was für ein Glück, dass es Samstagvormittage gab. Ein paar wenige Schuldgefühle machten sich breit, weil sie so glücklich war, als Josiah zu seiner üblichen frühen Zeit aufwachte und sie nach einem süßen, anhaltenden Kuss allein zurückließ.

Nein. Weg mit den Schuldgefühlen. Lisa rollte sich auf die warme Stelle, die er hinterlassen hatte, und breitete sich auf dem Bett aus, während sie darin schwelgte, wie gemütlich es war.

Als sie schließlich aufstand, lag eine Nachricht auf dem Küchentisch für sie bereit.

Bin auf Silver Stone. Mittags bin ich zurück. Komm zu mir, wenn du möchtest – Kelli will, dass ich mir Molasses mal ansehe.

Lisa schaute auf die Uhr an der Wand. Zehn Uhr. Es aber immer noch Zeit, es da raus zu schaffen, wenn sie sich schnell ein Frühstück schnappte. Sie schenkte sich eine Tasse Kaffee ein und stellte ihn in die Mikrowelle. Sie hatte noch nicht auf den Startknopf gedrückt, als die Türklingel losging.

Auf der anderen Seite der Tür stand ihre Schwester Julia und schaute zum Himmel, während sie wartete.

Ollie bellte sich natürlich um Kopf und Kragen.

„Nur ganz kurz. Ich muss mich um den Hund kümmern", rief Lisa über das Kläffen hinweg.

„Kein Problem."

Minuten später wurde noch immer weiter gebellt, aber es war nun im Gästebad. Julia war in der Küche, eine Papiertüte in der Hand.

„Ich wusste nicht, dass du vorbeikommst", sagte Lisa. „Kann ich dir was anbieten?"

Julia schüttelte den Kopf. „Ich komme mit Geschenken." Die Mikrowelle blinkte, und sie wies mit dem Kinn darauf. „Hast du da drin irgendwas?"

„Ja. Nur ganz kurz." Lisa öffnete die Tür und holte die Tasse aufgewärmten Kaffee heraus. Um ehrlich zu sein, wirkte er ziemlich unappetitlich. Sie schnüffelte daran und versuchte, nicht zu würgen. „Mist, die Sahne ist wohl schlecht geworden."

Sie kippte ihn in die Spüle, spülte die Tasse ab und stellte sie auf das Trockengestell, bevor sie sich zu ihrer Schwester umwandte.

Julia wirkte nicht mehr nachdenklich. Sie grinste breit.

Lisa verschränkte die Arme vor der Brust. „Was?"

„Wegen dem hier" – Julia deutete durch den Gang, dorthin, wo Ollie weiterhin bellte – „und dem" – sie deutete auf den weggeschütteten Kaffee – „brauchst du, glaube ich, das."

Die Papiertüte wurde ihr hingeschoben.

Es dauerte nur eine Sekunde, um die aufgerollte Oberseite zu öffnen und sich die Schachtel darin zu schnappen.

Lisa erstarrte.

„Warum hast du mir einen Schwangerschaftstest gebracht?" Es brauchte aber keinen Augenblick, dass sie eins und eins zusammenzählte. „Ach, Scheiße."

„Ist nur so eine Vermutung", sagte Julia. „Aber du hast Ollies seltsames Benehmen erwähnt, und dass die Veränderung ziemlich plötzlich über sie gekommen ist. Ich weiß, wie sehr Ollie Josiah liebt, also kann es nicht sein, dass diese Gefühle über Nacht verschwunden sind."

Große, riesige, enorme Blubberbläschen waberten durch Lisas Eingeweide, und das hatte nichts damit zu tun, dass sie am ekligen Kaffee geschnuppert hatte. „Wie könnte ich denn schwanger sein?"

Von Julia kam ein Schnauben.

Sie wischte sich über den Mund und versuchte, es zu verdecken. „Na ja. Das geht so. Wenn ein Mann eine Frau sehr, sehr liebt …"

„Halt den Mund", sagte Lisa, Erheiterung machte sich breit, obwohl ihre Nerven blank lagen. „Ich weiß schon, wie es geht“, gab sie trocken zum Besten. „Das Equipment ist nicht ausgefallen.“

Mit einer großen Geste deutete Julia den Gang entlang. „Mach erst den Test, bevor du dir Sorgen machst, wann oder wie. Ich könnte ja falschliegen, weißt du.“

Nur, als ihr der Gedanke auf diese Weise einmal in den Schoß gefallen war, konnte Lisa nicht glauben, dass sie die Anzeichen übersehen hatte.

„Ich warte damit, wenn es dir nichts ausmacht.“ Sie wackelte mit der Schachtel in der Luft. „Das ist etwas, das ich gern mit Josiah machen würde. Ganz gleich, was rauskommt.“

Das Lächeln ihrer Schwester wurde breiter. „Kein Problem. Aber nur, dass du's weißt, wenn du schwanger bist, habe ich mit dir fünfzig Mäuse verdient.“

Lisa lachte laut. „Hey, ich bin diejenige mit dem Ruf, dass ich auf alles und jeden wette. Wer wird es mir vorwerfen, dass ich dich zum Bösen verführt habe?“

„Kelli auf Silver Stone.“ Julia deutete zum Tisch. „Komm schon. Du hast gesagt, du würdest mir vom Sommercamp draußen in Rocky Mountain House erzählen. Es klang, als hättet ihr damals eine Menge Spaß gehabt.“

Und so hielt Lisa durch, bis Josiah nach Hause kam. Obwohl an dem Lachen, das in Julias Augen stand, als sie das Haus eine Stunde später verließ, die hohe Wahrscheinlichkeit erkennbar war, dass ein paar der Geschichten, die Lisa erzählt hatte, am falschen Ende aufgehört hatten, oder völlig ins Leere gelaufen waren, bevor sie fertig waren, während sich wieder ihre Ablenkung breitmachte.

Eine große, riesige, enorme Ablenkung.

Josiah war noch nicht mal ganz durch die Tür, als Lisa ihn stellte. „Ich glaube, ich weiß, was mit Ollie nicht stimmt.“

Die Sorge in seinen Augen ging in Schock über, als sie ihren Vormittag mit Julia beschrieb.

Drei Minuten später standen sie am Rand des Tresens im Bad, starrten hinab auf den Schwangerschaftstest. Lisa schmiegte sich etwas fester unter seinen Arm. Josiah drückte sie, beobachtete still zusammen mit ihr, während zwei deutliche rosa Linien erschienen.

Lisa schluckte schwer. Der Aufruhr in ihrem Bauch hatte nie aufgehört, aber jetzt arbeitete jedes einzelne ihrer Organe in einer Sonderschicht. Ihr Herz hämmerte, ihr Verstand wirbelte herum, und jeder Quadratzentimetermeter ihrer Haut fühlte sich aufgeladen an.

Sie wandte sich an Josiah. „Wow."

Er nahm ihre Finger und drückte einen Kuss auf ihre Knöchel. „Ist das für dich in Ordnung?"

„Für dich?" Lisa musterte sein Gesicht, aber sie sah nur einen verdammten Schauspieler. Der sich zurückhielt. Der erst herausfinden wollte, was sie wollte, bevor er preisgab, was er im Inneren verspürte.

Teufel auch. Die Wahrheit brach aus ihr hervor wie eine Million Schmetterlinge, die auf dem Wind herbeirauschten: „Ich bin echt, echt aufgeregt ..."

Bevor sie zu Ende sprechen konnte, hob er sie hoch und wirbelte sie verdammt noch mal herum, ein Schrei auf seinen Lippen, bei dem Ollie wieder zu bellen anfing, das Grollen kam von der anderen Seite der Wand, wo der arme Hund einmal mehr im anderen Bad festsaß.

„Klar. Für mich ist das in Ordnung", erklärte Josiah. „Für mich ist das echt, *echt* in Ordnung. Es ist nur so, dass wir nie über Kinder gesprochen haben. Na ja, nicht darüber, schon welche zu haben."

„Ich glaube, wir haben nicht darüber gesprochen, weil wir dachten, dass es eines Tages schon dazu kommen würde." Er hörte auf, sie herumzuwirbeln, was gut war, denn der Raum drehte sich immer noch.

Josiah setzte sich auf den Bettrand, und sie kniete über ihm, Oberkörper an Oberkörper, damit sie sich gut festhalten konnte.

Er schmiegte sich an ihre Wange. „Irgendwann ist jetzt. Das ist ziemlich toll."

„Irgendwann ist in neun Monaten." Sie legte eine Hand zwischen sie und schob sich zurück, damit sie ihm ins Gesicht schauen konnte. „Wann ist das passiert? Wir haben doch Kondome benutzt."

Seine Schultern hoben sich. „Spielt das echt eine Rolle?"

„Nur, um das Geburtsdatum zu errechnen." Sie bebte, als diese Worte in ihrem Gehirn ankamen. „Oh. Mein. Gott."

Josiah wirkte auch ein wenig erschüttert. „Das hat es ja offensichtlich ein bisschen echter gemacht", gab er zu.

„Ein Geburtsdatum. Für ein Baby." Lisa probierte die Worte mal aus. „Für *unser* Baby. Den Beginn unserer Familie."

Er drückte ihr die Hände an die Wangen, seine Miene war voller Verwunderung. Als er da saß und sie anstarrte, war es ein wenig ehrfürchtig und fühlte sich sehr danach an, als würde ihr Herz zusammengequetscht.

„Ich liebe dich", flüsterte sie.

Er neigte das Kinn. „Ich liebe dich", wiederholte er. Sein Blick glitt über ihren Körper hinab, um auf ihrem Bauch zu landen. Er drückte ihr einen Finger an die Taille. „Und ich liebe dich auch."

Das war es. Lisa verlor die Kontrolle.

Zum Glück wurde Josiah von ein paar Tränen nicht abgeschreckt, was gut war, denn da sie schwanger war und so weiter, wer wusste schon, was für ein hormonelles Abenteuer ihr bevorstand.

Ein Baby. Wow.

Als sie sich wieder zusammenriss, schob Josiah sie auf die

Matratze und bedeutete ihr dann, da zu bleiben. „Jetzt, da wir wissen, was los ist, wette ich, wir werden mit Ollie fertig."

Das Kläffen im Hintergrund war zu einem langen Heulen alle fünfzehn Sekunden verklungen, aber als er die Tür öffnete, schoss der cremefarbene Hund direkt ins Zimmer, und irgendwie schaffte er es, sich auf das Bett zu werfen.

Er deckte Lisa mit Küssen ein und beäugte Josiah argwöhnisch, während er wieder ins Zimmer kam.

„Ich kann es nicht glauben. Sie wusste, dass ich schwanger bin." Lisa seufzte, während Ollie leise knurrte. „Was machst du jetzt?"

„Ich werde mich langsam bewegen. Hoffentlich kommt sie dann irgendwann darüber hinweg, dass sie dich so sehr beschützt, aber im Augenblick hast du einfach einen kleinen Schutzhund." Er kam herum zu ihr an die andere Seite von Ollie, ließ sich vorsichtig nieder, damit er den Hund streicheln konnte, ohne zu dicht an Lisa zu kommen.

Ollies Schwanz wedelte nur ein winzig kleines bisschen, während sie sich an Lisa schob und Josiah vorsichtig im Auge behielt.

Neun Monate, minus wie viele Tage auch immer es waren. Sich mit einem Wachhund mit Beschützerinstinkt herumschlagen zu müssen, war wohl nur ein kleiner Teil des Abenteuers.

Lisa konnte es gar nicht erwarten.

5

———

*Wochenende vom 5. September, der zweite Hochzeitstag von
Zach und Julia*

Josiah liebte jeden Quadratzentimeter von Lisa, und die Veränderungen, die langsam, aber stetig in den letzten Monaten vonstattengegangen waren, hatten nur die Dinge verstärkt, die er von Anfang an an ihr geliebt hatte. Nicht zu sprechen von den körperlichen Veränderungen, obwohl er mehr als nur bereit war, zuzugeben, dass ihr schwangerer Körper verführerischer war, als er sich das je vorgestellt hatte.

Ihre Selbstsicherheit war sogar noch größer geworden. Er konnte gar nicht genug davon kriegen, zu beobachten, wie sie herummarschierte, während sie sich für Julias und Zachs Hochzeit bereit machten.

Während massenweise Familie über die Red Boot Ranch hereinbrach, hatten die Whiskey-Creek-Coleman-Schwestern und die Horde von Zachs weiblichen Verwandten gleichermaßen zum Schabernack beigetragen.

Doch während sie die Hochzeitszeremonie bewältigten, das Öffnen der Geschenke und all die anderen geplanten Aktivitäten, machte es Josiah am glücklichsten, Lisa an seiner Seite zu haben.

Sie ruhten sich einen Augenblick während des Tanzens aus, saßen neben Tamara Stone, die ihren fast eineinhalb Jahre alten Sohn hielt. Tyler wand sich, das Kleinkind hatte viel zu viel Energie für diese abendliche Zeit.

„Lass mich ihn halten", bot Josiah an.

Tamara reichte ihren Jungen sofort rüber. „Nur zu, Onkel Josiah." Sie schaute zu Lisa und schüttelte den Kopf. „Du siehst so verdammt gut aus. Ich habe wie ein Haus ausgesehen, als ich so schwanger war wie du."

„Unsinn", gab Lisa zurück. „Du hast doch kaum Gewicht zugelegt, dir war die ganze Zeit so übel. Ich bin sehr viel dicker als du damals, und ich hab immer noch acht Wochen vor mir."

„Ich bin froh, dass du nicht diese ständige Übelkeit hast." Tamara neigte das Kinn und grinste dann. „Obwohl ich auch zugeben will, dass ich froh war, dass du so anständig warst, dich während der ersten drei Monate hin und wieder zu übergeben."

„Du hättest mir nie verziehen, wenn ich einfach so ohne Probleme durch die ganze Schwangerschaft gerauscht wäre", erwiderte Lisa träge. „Dafür bin ich viel zu klug."

Tamara wandte sich an Josiah. „Also. Hat der heutige Tag dir und Lisa irgendwelche Ideen in den Kopf gesetzt?"

„*Tamara*." Lisa verschränkte die Arme vor der Brust und hob eine Augenbraue. „Ich weiß. Reden wir doch darüber, wann du und Caleb anfangt, einen weiteren Spielgefährten für Tyler und unser Kind in die Wege zu leiten."

Tamara kniff die Augen zusammen. „Das ist jetzt einfach nur fies."

Josiah kicherte und sprach ganz ernst mit dem Kind in seinem Armen, das glücklich mit dem Schlüssel spielte, den Josiah ihm gereicht hatte. „Siehst du, Tyler? Wenn man eine Schwester hat, ist das was Tolles. Und du hast bereits zwei."

Er war allerdings irgendwie froh, dass sie der Diskussion aus dem Weg gegangen waren. Er sagte die Wahrheit, wenn der behauptete, dass die Ehe für ihn keine so hohe Priorität hatte.

Nur als er gesehen hatte, wie Zach und Julia ihre Gelübde leisteten – das hatte irgendwas in ihm angerührt. Obwohl Josiah nicht darauf aus war, zu heiraten, würde er auch nicht Nein dazu sagen. Seine Eltern waren seit etlichen Jahren verheiratet, und seine Schwestern, die beide das Ja-Wort gegeben hatten, hatten auch gute Erinnerungen an das Ereignis geschaffen.

Er wünschte, es wäre ihm etwas wichtiger, oder etwas weniger wichtig, aber die Wahrheit war, dass er genau in der Mitte stand, also lohnte es sich nicht, weitere Energie in die Frage zu geben, weshalb das Thema ihm immer wieder in den Sinn kam.

Zum Glück hatte er in der Frau, die zwar nicht seinen Namen trug, aber auf jegliche andere Art auf jeden Fall die seine war, die wunderbarste Quelle der Ablenkung.

Er und Lisa fuhren zurück zum Ranchhaus, nachdem der Tanz vorbei war. Lisa saß auf dem Mittelsitz des Trucks, die Arme um seinen Bizeps gelegt, ihr Kopf ruhte an seiner Schulter.

Einen Augenblick lang glaubte er, er hörte sie schnarchen. „Bist du bereits unterwegs ins Schlummerland?", scherzte er leise.

„Die Schwangere ist müde", murmelte sie zurück. „Das war eine wunderschöne Hochzeit. Ich freue mich so für Julia."

„Für Zach auch. Ich dachte, er würde sich noch was im Gesicht brechen, weil er so heftig gegrinst hat."

„Seine kleine Schwester ist der Hammer. Ich meine es ernst. Ich muss Petra irgendwie in die Stadt kriegen, denn sie würde auf jeden Fall super zu uns Whiskeytieren passen."

Er machte sich nicht die Mühe, zu versuchen, sein erheitertes Kichern zu unterdrücken. Er fing nur an, das Kupplerlied aus *Anatevka* zu singen, wobei er die ganzen Männer betonte, die total schrecklich waren.

Das Kichern fing an, als er mit der Falsett-Stimme begann, ihre Erheiterung wurde zu keuchendem Lachen, bis er schließlich auf dem Parkplatz vor ihrem Haus fuhr.

„Hör auf. Du bringst mich um", keuchte Lisa.

Er hob sie in die Arme, schob die Tür des Trucks mit der Hüfte zu, bevor er sie zu den Eingangsstufen trug. „So schlimm singe ich auch nicht."

Sie legte die Arme um seinen Nacken und schenkte ihm ein süßes, verschlafenes Lächeln. „Stimmt. Olli bellt noch nicht mal."

Obwohl der kleine Terrier gleich hinter der Tür auf sie wartete. Trotz allem knurrte sie Josiah immer noch kurz an, bis Lisa auf die Knie ging und sie beruhigte, dass alles gut war.

Am nächsten Morgen hatte Lisa ihre gefährlichste Miene auf.

„Ich habe etwas, das du heute für mich tun könntest", setzte sie ihn in Kenntnis, während sie immer noch am Frühstückstisch saßen.

„Vor dem Mittagessen bei der Familie heute?"

„Gleich nach dem Frühstück, wenn es dir nicht ausmacht. Es ist nichts allzu Großes, aber es ist etwas, bei dem ich deine Hilfe brauche."

Nur nachdem sie die Küche aufgeräumt hatten und wie gewünscht zum Loft gingen, keuchte Josiah vor Überraschung. „Deine Vorstellung davon, was nicht zu groß und wichtig ist, steht etwas wenig im Einklang meiner", setzte er sie in Kenntnis.

Lisa stand neben der Matratze auf dem Boden, ein breiter Sonnenstrahl tanzte über ihre Haut. Sie hatte sich ausgezogen bis auf nichts als ihren BH und ein Höschen – einen Tanga, wenn er richtig sah.

Sie stemmte sich die Fäuste in die Hüften. „Ist das ein Witz über meinen schwangeren Bauch?", wollte sie wissen.

Er ging sofort durch das Zimmer, legte die Hände sanft auf die warme Haut dieses tollen Körperteils. „Auf gar keinen Fall. Aber Süße, dass ich Nacktbilder von dir mache, fällt in die Kategorie von etwas, das echt wichtig ist. Nur dass du's weißt."

Sie schmiegte sich an ihn, ihr Geruch legte sich um ihn und machte ihn glücklich. „Ich liebe die Bilder, die wir während dieses Mädelsabends gemacht haben."

Er liebte sie auch. „*Oui, mon amour. Tu étais magnifique.*"

Lisa grinste. „Ich habe mich echt sexy gefühlt und war echt froh, dass ich diese Bilder machen und sie mit dir teilen konnte. Aber jetzt will ich Bilder, die so ziemlich für mich sind. Macht es dir was?"

Er schaute auf sie hinab, diese Frau, die in sein Leben getreten war mit der Kraft eines Wirbelwinds. Alles, was sie anfasste, wurde zu Gold. Alles, was sie für ihn tat, ließ ihn sehr viel schockierter zurück, dass er so viele Jahre ohne das Herz überlebt hatte, das nun in seiner Brust schlug.

„Es ist ein großes Privileg, diese Bilder zu machen, aber vertrau mir. Die sind auch für mich."

Das erste, was ihm durch den Kopf ging, als Lisa den Rest ihrer Klamotten auszog und in eine Pose ging, bei der sie die Brüste kaum mit den Händen bedeckte und sich so ausrichtete, dass die süße Wölbung ihres Bauches prominent in den Fotos zu sehen war …

Was für ein Glück, dass es Digitalkameras gab.

Hätten sie das in den alten Zeiten gemacht, hätte er lernen müssen, wie man eine Dunkelkammer benutzte, damit er sie allein entwickeln konnte. Auf gar keinen Fall würde jemand anders sie so sehen dürfen. Sie war eine Erdmutter. Sie war eine Göttin.

Sie gehörte *ihm*.

Viele faszinierte Minuten später war Lisa an dem Punkt angekommen, wo sie sich auf der Matratze ausstreckte, den Kopf geneigt, das Haar fiel hinter ihr im Bogen auf den Boden. Sie bog den Rücken durch, ihre schweren Brüste hoben sich, und ein Knie war nach oben gebogen. Sie war die Madonna und die Verführerin zugleich.

Er schoss noch ein paar weitere Fotos, dann schloss er sich ihr an.

„Lass mich sehen", sagte sie, griff begierig nach seinem Handy.

Josiah warf das Handy auf den Boden, schob es über den Teppich außerhalb ihrer Reichweite. „Später Bilder. Gerade jetzt muss ich dich ein wenig verehren."

Ihre Miene leuchtete, und sie schaute unter ihren Wimpern auf, die plötzlich ziemlich schwer geworden waren. „Das klingt äußerst zeitintensiv."

„Wenn ich das richtig anstelle, wird es uns beiden egal sein, wenn wir heute sonst nichts mehr erledigt kriegen."

Und so verpassten sie beinahe das Familienmittagessen nach der Hochzeit. Die Bilder auf seinem Handy machten jedoch alle Neckereien, die bei ihnen ankamen, total wett.

Der zweitbeste Moment nach dem Lieben war seine aus dem Nichts kommende Idee, die sich als perfektes Geschenk für Lisa erwies. Er nahm sein Lieblingsbild – dasjenige, bei dem er das Handy aufgestellt hatte, und einen Timer gesetzt, und dann hatte er ihren Bauch gehalten, die Finger und Daumen zu einem Herz über der Wölbung geformt – und verwandelte es in eine Karte, auf der stand *Ich liebe euch zwei.*

Sie weinte eine ganze Minute, als sie sie öffnete, schüttelte ungläubig den Kopf, aber die Freude in ihren Augen, als sie schließlich ihren tränenerfüllten Blick hob, war echt. „Du bist unglaublich."

„Ich hatte gutes Arbeitsmaterial."

Ein weiterer Tag. Ein weiterer Schritt näher am nächsten Abenteuer.

6

---

6. Oktober, das Wochenende vor Thanksgiving

Lisa stemmte die Fäuste in die Hüften und funkelte Josiah an. „Wir haben doch bereits darüber geredet. Ich weiß nicht, warum du versuchst, in letzter Minute etwas zu ändern."

Josiah hatte sein vernünftiges Gesicht auf. Dasjenige, das immer öfter aufgetaucht war, während ihr Bauch dicker wurde und ihre Ausgeglichenheit dahinging.

Sie mochte es nicht. Sein Gesicht. Der Bauch und die beschissene Ausgeglichenheit waren einfach Teil der Sache mit dem Baby, aber dass er versuchte, sie zu managen? Das war nicht gerade etwas, das sie glücklich machte.

„Ja", sagte er mit einem langsamen Nicken. „Wir waren einer Meinung, dass wir zur Coleman-Feier in Rocky Mountain House gehen würden. Aber das war, bevor der Wetterbericht angekündigt hat, dass es dieses Wochenende

109

womöglich einen riesigen Schneesturm gibt, obwohl erst früher Oktober ist.“

„Es ist nicht so, als hätten wir nicht im Oktober schon mal Schnee gehabt“, erklärte Lisa.

„Nein, das stimmt. Nur dass wir niemals durch einen Schneesturm fahren mussten, wenn einer von uns eine Schwangere ist, die noch zwei Wochen hat, bis sie dran ist. Und der andere ist ein zukünftiger Vater, der nicht unbedingt das besagte Baby auf der Seite des Highways entbinden will, wenn wir Motorenprobleme haben, mitten in einem verfrühten Schneesturm.“

„Wenn du noch einmal diesen vernünftigen Tonfall bei mir einsetzt, werde ich Ollie auf dich hetzen“, drohte Lisa.

„*Ha*. Ollie und ich haben uns geeinigt. Wir glauben beide, dass es für dich besser ist, für uns *alle*, wenn wir zu Hause bleiben.“ Er betonte es durch einen leisen Pfiff.

Der Hund tauchte auf, raste von dort heran, wo er in der Küche gelegen hatte. Sofort ahmte er einen Schäferhund nach und versuchte, Lisa zurück ins Schlafzimmer zu bugsieren. Sie hatten keine Ahnung, weshalb Ollie beschlossen hatte, das in den letzten paar Tagen anzufangen, aber Josiah fand es über alle Maßen erheiternd.

Lisa? Weniger.

„Ich heiße diese neue Angewohnheit von ihr nicht gut“, wehrte sich Lisa, doch sie griff nach Josiahs Hand, dann schob sie sich in seine Arme.

„Es ist besser als Knurren und Zähnefletschen.“

Schon wahr, und er hatte sich in den letzten paar Monaten einiges gefallen lassen müssen, ohne sich zu beschweren, wie unvernünftig es war, oder dass Ollie Lisa nun lieber zu mögen schien.

„Aber ich wollte zu dieser Party“, sagte sie mit einem übertriebenen Jammern und schürzte die Lippen.

Er drückte ihr einen Kuss auf die Schläfe, hielt sie ganz fest. „Ich weiß, Süße. Aber bitte? Damit ich mir keine Sorgen mache?"

Das war der letzte Tropfen, der das Fass zum Überlaufen brachte. Lisa hatte nicht vor, etwas durchzudrücken, das ihm womöglich schadete. Ganz gleich, wie viel Spaß die Feier gemacht hätte.

Was zu dem gehörte, was sie in den letzten Monaten getan hatten – weiter gelernt, wie man ein Paar war. Zu lernen, wie man zusammen war, erforderte Geben und Nehmen. Klarzumachen, wenn etwas für einen von ihnen wichtig war, und die Dinge laufen zu lassen, wenn sie weniger weit oben auf der Prioritätenliste standen.

Da nun nur noch wenig Zeit blieb, bis sie ein Paar plus eins waren, wurde Lisa wieder ganz neu klar, wie sehr ihr Herz diesem Mann gehörte. „Ich liebe dich."

Er tippte ihr mit den Fingern an die Brust und dann an ihren Babybauch. „Ich liebe euch zwei."

Sie wusste genau, was er sagte. Was er meinte. Gefühle kamen auf, und plötzlich reichte nichts davon aus.

Sie wollte mehr.

Lisa schaute zu ihm auf, Tränen sammelten sich in ihren Augen. „Okay. Wir nehmen nicht das Risiko auf uns, zu der Party raus nach Rocky zu fahren. Aber ich möchte etwas Besonderes hier unternehmen. Bevor meine Schwestern aufbrechen, wenn es dir nichts ausmacht."

„Das ist eine tolle Idee." Er wiegte sich leicht, ging sanft zu einem stummen Tanz über. „Was willst du denn tun, das dich glücklich macht?"

Ihre Idee war der Gipfel nach monatelangem Nachdenken, gemischt mit dem aufgeladenem, oft getesteten Vertrauen, das mit jedem süßen und zarten Augenblick gewachsen war, in dem Josiah seine bedingungslose Liebe geteilt hatte.

Ihre Idee war ein wenig seltsam ...

Nein, sie war *höchst* unerwartet, aber noch während sie in Josiahs Augen sah, wusste Lisa, dass das der Augenblick war. „Ich will, dass wir heiraten.“

Josiah stand der Mund offen. Er klappte sozusagen fast auf den Boden, aber dann bewegte er sich. Einmal mehr wirbelte er sie im Kreis, das Wort *ja* kam ihm über die Lippen, bevor er sie abstellte und bis zur Besinnungslosigkeit küsste.

Obwohl es schwierig war, sich zu küssen, wo sie doch beide so sehr grinsten.

Schließlich ging er weit genug zurück, um ihr in die Augen zu schauen. „Meinst du das ernst?“

„Schon. Freitagabend? Wir können alle zum Abendessen einladen, und es dann erledigen, bevor sie am Samstag abfahren.“

„Nicht, dass ich dir nicht glauben würde, aber ich möchte gerne ein letztes Mal nachfragen, denn jedes Mal bisher, wenn erwähnt wurde, dass wir heiraten könnten, warst du vehement dagegen.“ Er machte sich bereit, als stünde ihm ein Aufprall bevor. „Das ist irgendwas mit den Hormonen, oder?“

Sie kicherte, noch während sie mit den Fingern an seinen Bizeps klopfte. „Gefährliche Worte, aber ich verstehe schon, weshalb du dich fragst.“ Sie zog ihn zu ihrer Lieblingsstelle im Wohnzimmer. Sie hatten herausgefunden, wenn er die Ecke der Couch nahm, und sie sich mehr oder weniger auf ihm anschmiegte, lag ihr Bauch auf seinem Körper und machte sie beide glücklich.

Ollie sprang bei ihren Füßen nach oben und legte sich hin, nagelte sie fest, sodass sie nirgendwo hingingen. Der Hund hatte Josiah schließlich als notwendiges Übel akzeptiert.

Lisa strich mit der Hand über Josiahs markantes Kinn, während sie die Wahrheit sagte. „Ich habe dieses Jahr eine Menge Zeit damit verbracht, herauszufinden, was das seltsame fehlende Ding ist, das mich genervt hat. Es ist ja nicht, als gäbe es einen Job, auf den ich unbedingt bewerben will, oder eine Berufsbezeichnung, die so wichtig ist, dass ich sie mir unbedingt aufkleben muss. Aber erst in der allerletzten Zeit hat sich schließlich festgesetzt, wonach ich wirklich gesucht habe."

„Fahr fort." Er nahm ihre Finger und hielt sie an seine Brust.

„Ich will ein Etikett, das völlig meine Entscheidung ist. Ich war ein Cowgirl und eine Schwester und eine Helferin und so viel mehr. All diese Dinge waren das Richtige. Sie haben einen Teil meines Wesens angesprochen, und sie haben mich glücklich gemacht." Zwei kleine Füße traten so hart gegen ihre Rippen, dass sie keuchte. „Du liebe Zeit. Das Kind macht Gymnastik."

Sie legte Josiahs Hand über den aktiven Teil ihres Bauches, und dann warteten sie. Nur einen Augenblick später schnappte sie nach Luft, und Josiah lachte. „Es ist schon gut, dass du nicht mehr viel länger hast. Unser kleiner Cowboy hat bereits Stiefel an."

Sie schaute auf seine Hand, die sanft ihren Bauch berührte. Er kümmerte sich um das Baby, bevor es auch nur angekommen war – Lisa schaute zu Josiah auf und beendete den Gedanken, so gut sie konnte. „Sogar, dass ich eine Mutter bin und unsere Familie beginne, ist einfach so passiert. Ich freue mich darüber, aber ich will, dass wir eine Sache machen, für die wir uns absichtlich entscheiden. Ich will ein Etikett, das ich mir aussuche, und es ist dein Name. Ich will eine Ryder sein. Vielleicht ist es albern, aber dass wir einen gemeinsamen Nachnamen haben, den wir beide diesem Baby geben, scheint einfach richtig."

Die Liebe, die aus Josiahs Augen leuchtete, war unfassbar intensiv. „Ich war noch niemals so stolz", gab er zu. „Nicht, weil du dich entschieden hast, meinen Namen anzunehmen, sondern weil du sagst, was ich im Lauf der Jahre getan habe, ist wertvoll genug, dass mein Name etwas bedeutet."

Seine Stimme brach am Ende, bevor er still wurde.

Er nahm sie am Hinterkopf und drückte sie an seine Brust, und obwohl sie sein Gesicht nicht sehen konnte, war sie ziemlich sicher, dass er jetzt derjenige war, der weinte.

Als sie es ihren Schwestern sagte, gab es weitere Glückstränen. Es wurde auch gerufen und gelacht und eine Menge gescherzt.

Ihr Vater kam eilig von Rocky Mountain House herunter, um sich ihnen anzuschließen, und nur drei Tage später, am Freitagabend vor Thanksgiving, versammelten sie sich in einem Raum voller Leute.

Lisa stand neben Julia und stellte alle vor. „Lenora ist aus L.A. Und das ist Micah aus New York. Den kennt ihr noch. Er ist derjenige, der uns letztes Jahr Tickets für die Show in Vegas besorgt hat."

Julia wackelte mit den Fingern vor Josiahs Bruder. „Eine meiner Lieblingsstädte", scherzte sie.

Letztlich musste Malachi Fields, ein Familienfreund und der örtliche Friedensrichter, mit dem Löffel an ein Glas schlagen, damit sich die Aufmerksamkeit aller auf ihn richtete und er die Zeremonie beginnen konnte. „Ich würde euch ja gern weiter feiern lassen", sagte der hochgewachsene, elegante Mann, sein Lächeln blitzte strahlend auf, während er sich im Raum umsah. „Aber wenn wir sie nicht tatsächlich die angemessenen Sätze sagen lassen, gibt es gar nichts zu feiern."

„In dieser Familie gibt es immer was zu feiern", entgegnete Tamara.

Schließlich beruhigte sich der ganze Raum, und plötzlich war es so weit. Kein großes schickes Kleid oder ein geschmückter Saal. Nur sie und Josiah, die von dort aufstanden, wo sie nebeneinander am Tisch gesessen hatten. Ollie setzte sich gehorsam mit dem Hintern auf Lisas Fuß.

Umgeben von Familie, umgeben von Freunden.

Vielleicht waren sie ja nicht um die Welt gereist. Aber es gab Leute aus der ganzen Welt, die voller Liebe zusahen und gute Wünsche in ihre Richtung schickten, während Josiah seine Finger um ihre legte.

Josiah konzentrierte sich fest auf sie, hob ihre Hand, um ihr einen Kuss auf die Knöchel zu drücken, bevor er loslegte. „Das habe ich für dich gemacht."

Er reichte ihr einen Satz Karten.

Lisa fing an zu lachen. „Bitte sag mir, dass du nicht versucht hast, ein Drehbuch dafür zu schreiben." Sie schaute hinab und las sie rasch, ein heftiges Lachen brach aus ihr hervor, bevor sie die Karten höher hob und laut las. „Es war verlockend, ein Drehbuch zu schreiben, aber ich dachte mir, du wirst sowieso improvisieren. Wir sind ganz auf uns gestellt, meine Liebe. Ich darf anfangen."

Gelächter ging durch den ganzen Raum.

Josiahs Lippen wölbten sich nach oben, bevor er fortfuhr: „Und spontan sollte es auch sein. Denn wenn man von einer Minute auf die nächste nie weiß, was du machen wirst, hält das die Dinge zwischen uns jeden Tag frisch und neu. Wenn ich aufschaue, um deine Augen schelmisch blitzen zu sehen, fühle ich mich lebendig und bereit, es mit der ganzen Welt aufzunehmen."

Sein Blick wanderte zu ihrem Bauch. Sie trug ein hellblaues langärmliges Shirt, das sich über der Rundung zwischen ihnen dehnte.

Josiah stellte sich leicht anders auf, damit er den Arm um sie legen und eine Hand dort platzieren konnte, wo ihr Baby ruhte. Dann hob er den Blick wieder zu ihrem. „Ich liebe dich, Lisa. Ich bin so froh, dass du meinen Namen annehmen willst.

Es macht mich so ehrfürchtig, dass du den Rest deines Lebens mit mir verbringen willst. Ich habe vor, alles zu tun, was ich tun kann, um dich glücklich zu machen."

Wow. Sie schluckte schwer, doch der riesige Kloß in ihrem Hals weigerte sich, zu verschwinden.

„Ich hatte ja keine Ahnung, dass das so schwierig werden würde", beichtete sie, ihre Stimme bebte. Sie war völlig erschüttert bis ins Innerste von allem, was er gesagt hatte. „Du machst mich glücklich. Und ich will mein Leben mit dir verbringen. Und ich glaube, du bist der beste Mann auf der ganzen Welt, was bedeutet, dass ich deinen Namen annehme, darüber muss man doch überhaupt nicht nachdenken."

Sein Grinsen blitzte kurz auf.

Lisa hob das Kinn. „Und ich habe es vermutlich nicht oft genug gesagt, oder laut genug, oder oft genug ohne Worte, aber ich werde daran arbeiten, in der Zukunft. Ich liebe dich, Josiah. Ich *verehre* dich. Ich bin so froh, dass du mir gehörst."

Danach ging es noch ein bisschen mit dem Friedensrichter weiter und mit ihren Unterschriften auf Papieren, aber Lisa sah nur Josiahs Augen. Die Liebe darin. Das Lächeln auf seinen Lippen, das Gefühl seines starken Armes um sie, der sie festhielt.

An was sie sich aber völlig klar erinnerte? Malachis letzte Ankündigung. „Ich freue mich sehr, Dr. und Mrs. Josiah und Lisa Ryder vorzustellen."

Im Raum brach Jubel und Lärm aus. Josiahs Finger spannten sich an ihrer Hüfte an, und Glück blubberte durch ihre Adern, als hätte sie sich Champagner gespritzt.

Die Party ging weiter, aber Lisa nahm Josiah schließlich an der Hand und führte ihn durch den Gang in die Privatsphäre ihres Schlafzimmers. Ollie lief die ganze Zeit über eng um ihre Füße herum.

„Sind wir fertig mit dem Feiern?", fragte Josiah mit einem Lächeln.

„Ich bin fertig", gab sie zu. „Aber sie haben alle Spaß. Damit müssen sie doch nicht aufhören. Bringst du mich ins Bett?"

„Ich sage nur schnell Zach, dass er für uns absperrt. Er und Julia können hier alles dichtmachen."

Sie hatte sich kaum die Zähne fertig geputzt und bereit fürs Bett gemacht, als er zurück war. Einen Augenblick später glitt er zwischen die Bettlaken und legte die Arme um sie. Er zog sie dicht an sich, schmiegte sich an ihren Nacken. Seine große Hand lag über der Rundung ihres Bauches. „Danke für diesen wunderbaren Abend."

Sie wurde schon schläfrig. „Das wollte ich doch auch, weißt du noch?"

„Ich bin trotzdem der glücklichste Kerl der ganzen Welt", setzte Josiah sie rasch in Kenntnis. „Jetzt schlaf schon, Mrs. Ryder. Ich will morgen mit meiner Frau knutschen, und sie braucht derzeit eine Menge Ruhe."

„Wow." Lisa holte tief Luft. „Ich bin keine Coleman mehr. Ich bin eine Ryder."

Er lachte leise. „Ich liebe dich. Jetzt schlaf."

„Ich liebe dich auch."

So eine große Veränderung war es nicht, und trotzdem war sie groß, auf alle Arten, die wirklich eine Rolle spielten. Er war ihr Ehemann. Sie war seine Frau.

Sie hatte einen neuen Nachnamen.

Es war ein guter Tag gewesen.

7

———

Die Hochzeit war alles gewesen, was er sich erhofft hatte.

Dass Lisas ganze Familie ganz früh am nächsten Tag ohne sie rausfuhr zur Coleman-Party in Rocky Mountain House? Das war nicht, was er sich erhofft hatte.

Sie sagte nichts, aber so, wie Lisa ihn ansah? Es wurde noch schlimmer, als die Sonne rauskam und schien, als würde Mutter Natur persönlich Josiah die Zunge rausstrecken, nur um ihm Ärger zu machen.

„Wow. Sieht ja total so aus, als wäre ein fieser Schneesturm im Anmarsch", sagte Lisa, während sie sich in ihrem Sessel zurücklehnte und die Füße auf Josiahs Schoß stützte. „Sieht richtig gefährlich aus, das Wetter. Ich bin so froh, dass wir da nicht rausgefahren sind."

„Willst du Ärger?", erwiderte Josiah ganz offen.

Lisa ließ den Kopf zur Seite fallen. „Mir ist *langweilig*. Es gibt nichts zu tun." Sie beäugte ihn nachdenklich. „Wir könnten immer noch zu der Party, weißt du?"

„Lisa." Er hob ihre Füße von seinem Schoß, kitzelte sie an

der Sohle, bevor er sie losließ. „Beim Wetter ist es eben so, dass man nicht weiß, ob man tatsächlich vorhersagen kann, wie es sich wettert."

„Echt witzig", murmelte sie.

„Wenn du magst, könntest du mich begleiten. Ich habe mir gedacht, ich könnte heute ein paar zusätzliche Visiten abklappern." Er beäugte ihren Bauch und dann ihre bloßen Füße. „Das heißt, dass du dich anziehen musst, und zwar warm, und du musst mir versprechen, mir zu sagen, falls du müde wirst und nach Hause möchtest."

Lisa hüpfte mehr oder weniger vor Aufregung im Stuhl auf und ab. Ihre Teetasse war vergessen, und sie eilte durch den Gang zu ihrem Schlafzimmer und rief über die Schulter: „Ich kann in ein paar Minuten fertig sein."

Josiah hielt den Mund. Auf gar keinen Fall würde er ihr sagen, wie süß sie war, während sie durch den Gang watschelte, jetzt, da sich das Gewicht des Babys gesenkt hatte.

Tatsächlich war er ziemlich sicher, dass sogar der Gedanke an ein Wort wie *watscheln* gefährlich war.

Trotzdem war sie süß. Und seine Frau. Wieder einmal drehte sich alles in seinem Kopf, als sie herauskam und eine Umstandsjeans über ihrem Babybauch trug, während sie darunter die Enden seines Flanellhemdes verknotete.

Er zog sie dicht an sich, weil er nicht widerstehen konnte. „Keine verdammte Frau ist so sexy wie du, besonders nicht, wenn du meine Klamotten trägst."

Sie kam näher zu dem Kuss, den Körper an seinen gepresst, nicht, als würde sie versuchen, den Augenblick zu sexualisieren, sondern nur, weil sie sich an ihn lehnte und die Verbindung ihnen beiden Kraft gab.

Ihr Bauch spannte sich an. Er ließ die Handfläche sanft über die Fläche gleiten. „Noch mehr Übungswehen?"

Lisa atmete lange und langsam aus. „Immer wieder mal.

Ich schätze, ich sollte froh sein, dass ich ein bisschen Übung vor dem großen Tag kriege, aber verdammt, das tut weh.“

Vielleicht war es nicht die beste Idee, sie mitzunehmen. Er schaute sich in dem warmen, gemütlichen Heim um und versuchte, sich etwas auszudenken, das sie so weit ablenken würde, dass sie freiwillig ihre Pläne aufgab, herumzureisen.

„O nein, das machst du nicht.“ Lisa nahm sich die Vorderseite seines Hemdes und schüttelte ihn. „Du hast wieder diesen Ausdruck in den Augen. Den, der bedeutet, dass du mich gerne in Blisterfolie einwickeln willst.“

„Ich kann es nicht ändern, dass ich daran denke“, protestierte Josiah. „Das heißt nicht, dass ich auch so handle.“

„Verdammt richtig, das machst du nicht.“ Sie stapfte an ihm vorbei zur Eingangstür, tänzelte ein wenig, als sie versuchte, ihre Füße ohne Hilfe in die Stiefel zu bekommen, weil sie ihre Füße am Bauch vorbei nicht sehen konnte.

Josiah ging auf die Knie und half ihr. Ihre Hand lag auf seiner Schulter, und sie drückte ihn sanft zum Dank.

Zum Glück war der erste Halt, den sie geplant hatten, draußen bei der Tierrettung.

Sie waren kaum in den Hof gekommen, als Sonora Fallen aus dem Haus kam und Lisa herüberwinkte. „Ich weiß, ich hab dich gestern Abend erst gesehen, aber wir hatten eigentlich keine Gelegenheit zum Reden. Komm, trink eine Tasse Tee mit mir“, lockte sie die jugendliche Großmutter.

„Ich komme gleich“, versprach Lisa, bevor sie sich zu Josiah wandte. „Du bist verschlagen“, beschwerte sie sich.

„Ich habe keine Ahnung, wovon du da redest“, sagte Josiah ernst, bevor er sie auf die Nase küsste und sie auf den Weg in das warme, gemütliche Haus schickte, wo er wusste, dass Sonora Lisa im Auge behalten und dafür sorgen würde, dass sie es nicht übertrieb.

Im Tierheim arbeite er daran, sich ein paar Tiere anzusehen, über die Sonora mit ihm in der Vorwoche gesprochen hatte. Er war fast fertig, als ein älterer Mann am Rande des Arbeitsbereichs erschien. Der silberhaarige Mann war der erste Vorarbeiter auf der Silver Stone Ranch. Und er hatte etwas für Sonora übrig, ganz gleich, wie die beiden dagegen auch protestierten.

Josiah war ziemlich neugierig, was genau Ashton Stewart drüben in der Tierrettung so regelmäßig tat. Josiah, Finn und Zach hatten ein paar Ideen, was das anging, aber es gab nichts Konkretes, womit sie den Mann ärgern konnten.

„Glückwunsch zu deiner Ehe." Ashton stützte sich mit der Hüfte an den Tisch und neigte das Kinn leicht in Josiahs Richtung. „Ich habe mich schon gefragt, wann ihr beiden beschließt, es offiziell werden zu lassen."

Es war zu verführerisch. „Es muss doch gar nichts offiziell sein, um echt zu sein", erklärte Josiah. „Zwei Menschen, die gern Zeit miteinander verbringen, die ziemlich gut als Individuen zu einem Paar zusammenpassen – das kann man doch wohl kaum was anderes als eine dauerhafte Beziehung nennen."

Leider biss Ashton nicht an. „Geht es Lisa noch gut? Alles in Ordnung mit dem Baby?"

„Sie ist oben im Haus bei Sonora, wenn du sie treffen möchtest", bot Josiah an. „Ich bin hier mit den Tieren fertig."

Ashton nickte zustimmend. „Da komme ich gern mit."

Das Leuchten in Lisas Augen ließ sich nicht leugnen, als er und Ashton ins Haus kamen. Genauso wenig ließ sich die Rötung von Sonoras Wangen leugnen, aber das war nicht so leicht zu erklären, ohne sich in ein Territorium zu stürzen, in das Josiah noch nicht vordringen wollte.

Sie plauderten alle eine Zeit lang, Lisas Hand lag gemütlich in der von Josiah. Er spielte mit dem Ring, den er just am Vorabend auf ihren Finger gesteckt hatte, und fragte sich, wie toll das Leben war.

Nur dass Lisa sich hin und wieder versteifte, wenn die Übungswehen zuschlugen, ihre Finger spannten sich um seine Hand an, und es war die Art entspannende Ablenkung, die er gehofft hatte, ihr zu bieten.

„Müsst ihr schnell irgendwohin, oder kann ich euch zum Mittagessen einladen?" Sonora schob sich hoch und nahm die Teetassen.

Josiah sah zu Lisa, die nachdachte und dann nickte.

Es war fast zwei Uhr, als sie schließlich das gemütliche Haus verließen, Ashton blieb hinter ihnen zurück.

Im Truck war es still, während sie zum nächsten Stopp fuhren, zumindest, bis Lisa leise zu lachen begann. „Glauben die beiden wirklich, dass niemand weiß, was los ist?"

„Dass er sie mag?", fragte Josiah.

Ein wenig elegantes Schnauben entschlüpfte Lisa, bevor sie ihre lachenden Augen in seine Richtung wandte. „Ach, du Süßer. Sag mir doch bloß nicht, du glaubst, die beiden sitzen in einem Stadium fest, wo sie ganz unschuldig flirten. Ich wette, die treiben es doch schon mindestens seit einem Jahr, wenn nicht länger."

„*Lisa.*" Einen Augenblick lang war Josiah schockiert, bis er ein wenig mehr darüber nachdachte. „Obwohl, weißt du was? Du hast vermutlich recht."

„Was war das? Ich habe dich nicht ganz verstanden?"

„Ich sagte, du hast recht ..." Jetzt war es an ihm, die Augen zu verdrehen. „Verdammt, du hast mich erwischt. Wieder mal. Ja, die beiden treiben auf jeden Fall Schabernack. Oder sollten sie, wenn man bedenkt, was sie ausstrahlen, jedes Mal, wenn sie im Radius des anderen sind."

Lisa legte die Finger um seinen Arm und seufzte, während sie den Kopf an ihn lehnte. „Es ist schön, zu wissen, dass wir in dreißig Jahren immer noch übereinander herfallen wollen werden.“

Er wurde langsamer, fuhr vorsichtig um eine Kurve. „Ich bin froh, dass wir nicht herumschleichen werden müssen, um was miteinander anzufangen.“

„Manchmal machen wir das“, setzte sie ihn mit einem Grinsen in Kenntnis. „Denn dadurch wird es einfach nur noch spaßiger.“

Irgendwie wusste er, dass sie auch damit recht hatte.

Lisa beugte sich vor, die Hände vorsichtig um den Bauch gelegt, während sie aus dem Fenster spähte. „Das gehört zur Lone Pine Ranch, oder? Ein Teil von Brads und Hannas Land?“

„Wir kommen von der gegenüberliegenden Seite hin“, erklärte ihr Josiah. „Deswegen sieht es nicht ganz so bekannt aus. Brad hat das Land den Deveraux’ verpachtet, und sie haben hier Vieh bis zum Ende des Monats. François hat mich gebeten, mir mal ein paar der Kühe anzusehen, bevor sie in das hohe Hügelland ziehen, wo es viel schwieriger ist, sie zu untersuchen.“

Lisa seufzte glücklich. „Ich weiß, wohin wir unterwegs sind. Hanna hat mir erzählt, dass sie eine Verandaschaukel an der Hütte aufgestellt haben. Ich werde mich da gerne hinsetzen, während du mit dem Vieh ringst.“

Was einen weiteren perfekten Teil des Tages ergab. Lisa war eingepackt und gemütlich auf der Verandaschaukel, mit Kissen und einer Decke, die sie aus der ordentlichen kleinen Hütte genommen hatten, die an der Hügelflanke stand.

Ollie hätte die Zeit normalerweise damit verbracht, Josiah zu folgen, der sich die Tiere ansah, aber sie war hundertprozentig überzeugt, dass Lisa einen Fußwärmer brauchte.

Immer wieder einen Blick zurück zur Hütte zu werfen,

während der Nachmittag verging, war, als würde man einem Becher unter einen laufenden Wasserhahn halten. Jedes Mal, wenn Josiah sah, wie sie sanft lächelte, Ollie träge streichelte und auf das Land hinaus blickte, wurde sein Herz ein wenig voller.

Er war nur ein Tier entfernt vom Ende, als Ollie plötzlich an seinen Füßen stand. „Hey. Hast du es satt, ein Nickerchen zu halten?"

Ollie tänzelte ein Stück zu Lisa und dann zurück zu Josiah. Wieder und wieder, als wäre es ein Bienentanz, um zu sagen, dass das die Richtung war, in die er jetzt sofort wirklich aufbrechen musste.

Oder zumindest wurde das klar, als Lisa sich auf der Verandaschaukel aufrichtete und laut fluchte. „Josiah?"

Er fing an zu laufen, Ollie sprintete neben ihm her. „Was ist los?"

Ihre Augen waren groß geworden, und sie hatte sich beide Hände um den Bauch gelegt. „Ich glaube, meine Fruchtblase ist gerade geplatzt."

8

Lisa war absolut hin- und hergerissen zwischen Lachen und Fluchen. Aber natürlich war ihre Fruchtblase zwei Wochen zu früh geplatzt, und gerade als niemand von ihrer Familie da war, und sie und Josiah mitten draußen in der verdammten Wildnis waren.

Dann kamen die Schmerzen, und sie hatte keine Luft mehr, um irgendwas zu tun, außer den Blick von der Tür zu Josiah zu heben.

Wenn man alles bedachte, hätte sie es ihm nicht übel genommen, hätte er geflucht oder auch nur ein winziges bisschen panisch gewirkt. Aber jegliche Spur von Sorge war völlig verschwunden, und das Einzige, was sie sah, war kompetente Aufregung.

„Na gut dann. Ein bisschen früher als erwartet, aber ich schätze, das Brötchen im Ofen ist fertig gebacken." Josiah berührte sie sanft an der Wange, obwohl sie nur zu gut wusste, dass er auch nachsah, ob ihre Pupillen geweitet waren. „Bringen wir dich in den Truck. Denk daran, während der Geburtsvorbereitungskurse haben sie gesagt,

125

dass man sich keine Sorgen machen soll, wenn die Fruchtblase platzt. Wir müssen nicht schnell machen, aber wenn wir jetzt losgehen, sind wir auf dem Highway, bevor es dunkel wird."

Sie nickte. „Ich schätze, das nennt man jetzt nicht mehr Übungswehen, oder?"

„Spürst du sie schon?"

Die feste Anspannung, wie ein Band um ihrem Bauch, erschwerte es ihr, tief Luft zu holen. Zusammen mit der Tatsache, dass in ihrer Lunge offenbar nicht genug Platz war, auch wenn es gut lief, da das Baby den Großteil des Raums in ihrem Körper einnahm ...

Sie biss die Zähne kurz zusammen, atmete flach.

Seine Handfläche landete auf ihrem Rücken, und er rieb im Kreis, machte beruhigende Geräusche. „Ich nehme an, das ist ein Ja. Komm schon, Liebling. Versuche, ganz langsam zu atmen."

„Das tut weh." Sie hätte noch länger geflucht, aber das hätte ihr nur noch mehr Schmerzen verursacht. Sie lehnte den Kopf an Josiahs Schulter, bis es vorbei war. Dann schaute sie auf und sah ihm in die Augen. „Ich will jetzt nach Hause."

Das war eine völlig irrationale Aussage, doch er nickte. „Bringen wir dich rauf."

Die Innenseite ihrer Jeans klebte an ihren Beinen, aber das Unbehagen wegen dieser Feuchte machte sich kaum bemerkbar. Sie war eher genervt von der Tatsache, dass sie unbedingt aufs Klo musste. „Ich brauche kurz mal eine Klopause, bevor du mich in den Truck verfrachtest."

„Brauchst du Hilfe?"

Sie winkte ab. „Damit komme ich schon klar. Besonders, da ich nicht das Klohäuschen benutzen werde, sondern einfach neben das Haus pinkle, als wäre ich einer von meinen Cowboy-Cousins."

„Ich starte schon mal den Motor, dann hole ich dich ab", versprach Josiah.

Sie brauchte nicht lang. Sie wand sich aus ihrer nassen Hose, weil sie vorhatte, sich in die Decke einzuwickeln, von der sie wusste, dass sie im Truck lag. Sie ging dann zurück, der auffällige Mangel an Motorengeräuschen lenkte ihre Aufmerksamkeit zu Josiah, der die Motorhaube des Fahrzeugs öffnete.

Ach, verdammt. „Was ist los?"

Sie hätte ihm ja ihre Hilfe angeboten, aber das war ein Bereich, in dem sie null Erfahrung hatte. Und als er zurücktrat und das Gesicht verzog, fiel ihr wieder ein, dass er auch nicht so ein Genie mit Fahrzeugen war. „Gib mir mal kurz."

Er zog sein Handy heraus.

Sie holte ihres mit so ziemlich null Erwartung aus der Tasche, dass sie an dieser Stelle in den Bergen Empfang haben würden.

Genau. Keine Balken.

Josiah schaute ihr nur kurz danach in die Augen. „Richten wir dich doch in der Hütte ein, dann kann ich zu Brad gehen, um Hilfe zu holen."

Eine weitere Wehe traf sie, bevor sie auch nur zwei Schritte vom Truck entfernt war.

„Verdammt." Er hätte sie ja aufgehoben und getragen, aber sie scheuchte ihn weg. „Lass mich doch einfach mal nur kurz hier stehen."

Sie war dabei gewesen, während Tamara ihre Wehen bekommen hatte. Wenn sie Tamara das nächste Mal sah, würde Lisa ihr entweder eine Trophäe geben oder eine Ohrfeige, denn Tamara hatte es aussehen lassen, als wäre der Schmerz erträglich.

Lisa war überzeugt, sie würde gleich entzweigerissen.

Von Kopf bis Fuß war ihre Haut feucht geworden, und vor

ihren Augen tanzten Sterne. Aber während der ganzen Zeit hielt Josiah sie fest, sprach leise mit ihr und drückte sie.

Hätte sie einen Baseballschläger gehabt, hätte sie ihn sofort damit verprügelt. So richtig, richtig fest.

„Ich liebe dich", zwang sie zwischen zusammengebissenen Zähnen hervor. „Aber ich werde dich verdammt noch mal umbringen."

Josiahs Lippen zuckten, doch er folgte ihr, als sie einen wackligen Schritt zur Hütte hin machte. „Merk dir das. Erst mal rein."

Im Inneren der Hütte waren ein Tisch und Stühle, ein kleiner Kochbereich und ein richtiger Kaminofen. Dazu gab es noch ein Doppelbett, das an einer Wand stand, und Lisa verabscheute es total, dass sie dieses gemütliche Versteck in einen Saustall verwandeln würden. „Wir kriegen das Baby hier, oder?"

„Vielleicht? Wahrscheinlich?" Josiah drehte sich, bis er ihr Gesicht sah. Seine Zuversicht war wieder da. „Das wird schon. Das Baby wird schon. Nur müssen wir darüber reden, was wir tun wollen."

Ich will nach Hause.

Die Worte hallten durch ihren Kopf, aber sie schaffte es, sie nicht über ihre Lippen kommen zu lassen. „Ich glaube, das sind die richtigen Wehen. Wir müssen mal die Zeit zwischen ihnen nehmen."

„Willst du, dass ich zu Brad laufe und Hilfe hole? Dafür sollte ich ungefähr eineinhalb Stunden brauchen, und dann noch die Zeit, bis ein paar Leute hier rauf kommen können." Er lotste sie zu einem der Stühle mit den hohen Lehnen am Tisch, und sie ließ sich vorsichtig darauf nieder, eine Hand unter dem Ansatz ihres Bauches, wo die Wehen am stärksten waren.

Sie dachte darüber nach. Dachte wirklich heftig nach. „Glaubst du, das sollten wir tun?"

Josiah holte gemessen Luft. „Ich denke, du bist in einer vorzüglichen körperlichen Verfassung, mit keinen auffälligen medizinischen Problemen. Ich glaube, wir schaffen das allein, ohne dass es gefährlich wird. Aber ich kann es nicht garantieren. Darum mache ich, was immer du von mir brauchst."

Ihre Kehle zog sich leicht zusammen, und das war nicht gut, denn sie brauchte jedes bisschen Sauerstoff, das sie bekommen konnte, um weiter zu atmen, um weiter mit den Wehen fertig zu werden. „Das ist das Karma, das mich jetzt drankriegt, weil ich dich zur Verstärkung geholt habe, als Tamara ihre Wehen bekommen hat, oder?"

Ein Lachen platzte aus ihm heraus. „Na, das ist am Ende auch gut ausgegangen. Also vielleicht ist es das Karma, das uns sagt, dass du das schaffst."

Eine weitere Wehe legte sich um sie. Sie drückte fest zu und holte einen Schrei von ihren Lippen.

„Komm schon, Süße. Atmen. *Atmen.*"

Irgendwie legte Josiah die Arme um sie, seine Lippen an ihrer Schläfe. Er holte tief Luft und stieß sie langsam aus, es klang wie ein stetiger Windhauch. Das verschaffte ihr etwas, das sie nachahmen konnte. Einen Sekundenbruchteil länger zu machen, bevor sie wieder Luft holte. Sie hielt sein Handgelenk im Todesgriff, bis ihre Muskeln sich langsam ein wenig lösten.

„Vermutlich wäre es das Klügste, wenn du gehst, aber ich will nicht, dass du mich allein lässt", gab sie zu. Ihr Mund war trocken, und ihre Beine bebten, aber nur einen Augenblick lang konnte sie richtig atmen und denken.

Sie schaute ihm direkt in die Augen. „Ganz gleich, was geschieht, das ist die richtige Entscheidung. Bleib bei mir. Wir machen es zusammen."

Er neigte entschlossen das Kinn. Gab ihr einen Kuss auf die Stirn, dann war er weg. „Ich will ein paar Sachen holen.

Sprich mit mir. In dem Augenblick, in dem du wieder eine Wehe einsetzen spürst, bin ich da, und wir schaffen das zusammen."

Und so verbrachten sie ihren Abend. Von Anfang an waren die Wehen stark, aber weit genug auseinander, dass Josiah schaffte, alles zu suchen, was er in der kleinen Hütte brauchte. Er versuchte noch ein paarmal, den Truck zu starten, aber das war sinnlos.

Außerdem wusste Lisa, dass sie hierbleiben würden, denn das machte es ihr leichter, sich geistig neu einzustellen. Sie ging im Kreis in dem kleinen Raum herum. Sie nahm ein paar interessant wirkende Gegenstände auf, auf die sich konzentrieren konnte, wenn die Wehen wieder kamen.

Sie ging sogar hinaus auf die Veranda, und eine Weile auf die Wiese, während die Sonne zum Horizont unterwegs war und der ganze Himmel orange und golden leuchtete.

Sie hatten Wasser, und sie hatten Nahrung und Kleidung aus den Vorräten, die Brad hier aufbewahrte. Das hatte er Josiah schon vor Monaten gezeigt, denn die Hütte wurde als Nothalt während des stürmischen Wetters genutzt.

Lisa war immer noch aufmerksam genug, um Josiah wegen der wunderbaren Witterung draußen aufzuziehen. „Was bin ich froh, dass wir nicht irgendwo am Rand des Highways mitten in einem Schneesturm stehen."

„Auf einer Skala von eins bis zehn steht ein Truck an der Seite des Highways auf eins. Das hier steht sehr viel weiter oben."

„Mir fehlt eine Dusche", beschwerte sie sich. „Ich hatte mich echt auf eine Dusche gefreut."

Josiah war ein wunderbarer, süßer, lieber Mann, den sie entschied, doch nicht umzubringen, denn als nächstes hatte er eine Schüssel Wasser auf dem Holzofen erwärmt, und einen Waschlappen. Er wusch ihr den Schweiß vom Gesicht und wischte ihre Glieder ab, bis sie sich fast wieder wie ein Mensch fühlte.

Die Wehen wurden schließlich schneller. Sie hatte sich geweigert, das Bett einzusauen, stattdessen hatten sie also ein gemütliches Nest mitten auf dem Boden aus den Kissen gebaut.

Und dann folgte eine Wehe auf die andere, und es spielte keine Rolle, welche Stellung sie einnahm, es tat weh, und dann tat es noch auf den Teilen obendrauf weh, die bereits wehtaten. „Ich bin fertig", sagte sie zu ihm. „Ich will einfach nur schlafen."

„Nur noch ein kleines bisschen. Wir sind fast da." Josiah nahm wieder ihre Wange – eine so zarte, süße Regung. Nur dass ihr auffiel, dass er die Hand so schnell wegnahm, dass sie keine Chance hätte, fest zuzupacken, sollte sie beschließen, ihn zu beißen.

Die Sonne ging gerade auf, und die Dunkelheit in den Nischen des Raumes wurde von mehr als Kerzenlicht und dem goldenen Glühen hinter dem Glas im luftdichten Ofen erhellt.

Ollie bellte einmal laut.

Das Geräusch war ein plötzlicher Schock nach der friedlichen Stille, die die Hütte so lange erfüllt hatte. Friedlich zumindest bis auf ihr Stöhnen und Knurren – und hin und wieder einen Fluch.

Plötzlich veränderte sich der Schmerz. Statt des Gefühls, zerrissen zu werden, Glied für Glied, baute sich ein Druck in ihr auf, als würde sie platzen wollen. „Josiah?"

Er hatte ihre Frage wohl gespürt, denn er war da, schaute sie sich an, bevor er ihrem Blick mit einem aufgeregten Nicken begegnete. „Es ist Zeit. Du kannst pressen. Halt dich fest."

Als sie ihren Schwestern später davon erzählte, war das der Teil, den sie übersprang, denn er war vernebelt und zum Glück dem Vergessen anheimgefallen. Was immer für magische

Hormone durch ihr Gehirn sausten, es musste etwas sein, das Leuten half, die traumatischen Erlebnisse während einer Geburt zu vergessen, damit sie es freiwillig noch einmal taten.

Aber der andere Teil der Magie war Josiah. Als sie seinen Gesichtsausdruck betrachtete, bereits so angefüllt mit Liebe, wurde etwas darin noch strahlender, als ihr kleines Mädchen ankam. Man musste sich noch um die Sauerei mit der Nachgeburt kümmern, und es gab Tränen, sowohl vom Baby als auch von Lisa, aber Teile davon waren schön, und das Baby war vollkommen, und der Sonnenaufgang füllte den Raum mit so viel Zuversicht.

Wie lange es auch dauerte, danach hielt Lisa ihr kleines Baby an ihren nackten Körper gepresst. Josiah saß hinter ihr, hielt sie beide, während er liebevolle Worte murmelte. Das Baby war gesäubert und gewaschen. Lisa hatte etwas Wasser genippt und etwas gegessen, und jetzt waren sie in eine Decke gewickelt, kuschelten sich aneinander, während sie diese ersten Augenblicke als Familie genossen.

„Sieht sie für dich wie eine Zoë aus?", fragte Lisa, die mit dem Finger über eine perfekte kleine Wange strich.

„Sie sieht absolut wie eine Zoë aus", sagte Josiah. „Kann ich nur ihren zweiten Vornamen ändern?"

Lisa schaute auf. Er sah Zoë mit völliger Ehrfurcht an. „Was soll es denn werden?"

Er deutete auf das Fenster, und dann zu ihrem Platz, bemalt vom goldenen Licht des Morgens. „Dawn? Sunshine? Sie ist unser kleines Wunder, und ich werde das jeden Augenblick denken, in dem ich sie sehe."

„Zoë Dawn Ryder." Lisa schaute sie sich an und nickte entschieden. „Gefällt mir. Gefällt mir sehr." Sie legte den Kopf zurück, damit Josiah ihr Gesicht sah. „Hey, Daddy. Ich wette, dein Kosename für sie ist Sonnenschein."

„Ich wette, da hast du recht, Mommy." Josiah gab ihr einen

Kuss, dann Zoë, dann lachte er, denn Ollie war da, wedelte heftig mit dem Schwanz, während sie bat, sich dem Haufen anschließen zu dürfen.

Josiah hob den Hund an einen sicheren Platz, nahe, aber nicht zu nahe am Baby.

Ollie schnupperte vorsichtig, bevor sie sich zurücksetzte. Sie ließ sich zu ihren Füßen nieder, drehte sich dreimal im Kreis, bevor sie sich hinlegte. Die Nase legte sie auf die Pfoten, während sie zufrieden schnaufte, als hätte sie erfolgreich die größte und wichtigste Hundeaufgabe aller Zeiten erledigt.

Lisa lehnte sich an Josiahs Brust an und lauschte, wie sein Herzschlag sich um sie alle drei – sie alle vier – legte und mit Liebe umhüllte.

New-York-Times-Bestseller-Autorin Vivian Arend lädt ein nach Heart Falls. Nachdem die Geschichte endet, geht ihre Geschichte weiter. Diese Reihe aus Vignetten und Novellen spielt in der Welt von Heart Falls und lässt Paare und andere Nebenfiguren von früher auftreten.

Heart Falls Vignetten & Novellen

Drei Hochzeiten und ein Baby

Mädelsabend

Roses Nacht für immer

Vivian lässt derzeit ihre vielen Serien übersetzen. Bitte besuchen Sie deren Website für alle aktuellen Informationen.

www.vivianarend.com/de

ÜBER DIE AUTORIN

Mit über 3 Millionen verkauften Büchern ist Vivian Arend eine *New York Times*- und *USA Today*-Bestsellerautorin von mehr als 70 zeitgenössischen und paranormalen Liebesromanen.

Ihre Bücher lassen sich alle einzeln lesen und haben keine Cliffhanger. Sie sind witzig, aber auch emotional, es gibt heiße Szenen und glückliche Enden. Für Vivian ist das der beste Job der Welt. Sie lebt in British Columbia, Kanada, zusammen mit ihrem langjährigen Mann – der Inspiration für alle Helden ist und ein bereitwilliger Gefährte auf Abenteuern aller Art.

www.vivianarend.com